それ、時代ものにはＮＧです

もくじ

その時代にはなかったNGな言葉　7
さぼる9／神経12／反射14／情報16／権利17／自由18／自然19
台風20／インフルエンザ21／ど真ん中22／ど素人23／阿呆と馬鹿24
おたんこなす25／出歯亀26／烏賊と蛸27／自分28／僕29／藩31
目から鱗が落ちる32／天国・煉獄34／下関・関門海峡36／道場38／藩校39
六曜（先勝・友引・先負・仏滅・大安・赤口）41

江戸時代と現代で意味、用法が異なる言葉　43
片手落ち45／村落、集落47／のべつ幕なし48／さん49／月命日50
面子51／対面52／素敵53／行かず後家55／すっぴん56／厄介57
真逆58／毎週59

その時代に使ったらアウトな事柄 61

「子」のつく名前 63
奉行所、同心はひとつではない 64
企業乗っ取りでも社員は据え置き 67
御家人の身分は金で買えた 69
江戸時代、士農工商の身分制度は存在していなかった 71
手形がなくても通れた関所 74
江戸時代以前の人々は一日にどれくらいの距離を歩いていたのか 76
「忍び」は一日にどれくらい歩いていたか 80

時代ものの登場人物の名 83

「信長様」はＮＧ 85
官位を理解しよう 91

官位が与えられない人間の通称 110

NG言葉を言い換える 133

大変 135／すごい 136／配下 137／将軍様　上様 139／町奉行所 140

江戸の吉原NG 145

元吉原と新吉原 147
バツイチが結構いた大名の子女 150
知性と教養あふれる太夫 152
性交渉はなかった元吉原 155
テロリスト対策だった遊女 157
吉原のＰＲ手段 167
外食産業のはじめ 172

吉原はブラック企業 174
吉原のＣＭ 177
岡場所はキャバクラ 179
遊女を大量に生んだ飢饉 181
新吉原のランキング 184
花魁が寄進した千本桜 188
もったいを付けた大見世 192
江戸時代の性事情 197
吉原の火事事情 202
吉原の常識 205

解説　鳴神響一 211

その時代にはなかったNGな言葉

さぼる

昔から使われているような気がするけれども、実際には明治維新以降だとか、太平洋戦争以降に誕生した言葉、あるいは外来語で、間違って時代劇に使われている、という言葉は、意外に多いんです。

最も目につくのは「さぼる」でしょう。

これは実はフランス語からの外来語です。

日本人はコンビニエンス・ストアをコンビニといったり、とにかく省略するのが大好きですから「サボタージュ（sabotage）する」を縮めて「サボる」と言うようになりました。

大正年間に日本語に入りましたが、広く日本全土に定着したのは太平洋戦争よりも後です。

「絶対に時代劇に使ってはいけない言葉」の一つですが、時代劇専門のはずの作家が戦国時代を舞台の物語に「怠ける」の意味で使っているのを見た時には、唖然としました。

酒見賢一『泣き虫弱虫　諸葛孔明』でも、中国の三国志の時代に「さぼる」が出てきます。ですが、これは明らかに作者が意図的に使っていると分かるので、文脈的にも全く違和感がありません。

ダメなのは、時代考証に無知であるがゆえに犯す間違いで、これは、読むと歴然と分かります。

そもそもサボタージュは、本家本元のヨーロッパにおいてさえ、産業革命の真っ只中において、劣悪な労働条件に腹を立てた労働者が起こした抗議行動の一形態です。

なので、その時点で直ちに言葉が日本に伝わって来たと仮定しても徳川五代将軍の綱吉の元禄時代です。

戦国時代や江戸時代初期が舞台の時代劇に「さぼる」が出てきたら、完全にアウト。

しかし、洋書が大量に日本に輸入されるようになったのは、八代将軍の吉宗の時代以降です。

進取の気性に富んだ吉宗は、キリスト教関連の書籍を除く様々な分野の本を輸入し、翻訳者の育成を行いました。

この時点でも「さぼる」という言葉は、入ってきませんでした。

ですから、ヨーロッパでも、労働者の抗議行動としてはあっても、その行為を表す言葉としては成立していなかった可能性が高いんです。

神経

吉宗が命じて書籍を輸入させた一連の流れの中で最も有名なのは、オランダの医学書『ターヘル・アナトミア』でしょう。

これを『解体新書』と名付けて、杉田玄白《げんぱく》、前野良沢《りょうたく》らが翻訳する際に、様々な訳語を捻り出した事実で知られていますが、中でも最も有名な言葉が「神経」でしょう。

これは古くからあった漢方の「神気」と「経脈」とを合わせて創った造語なのです。

ですから、『解体新書』刊行の安永三年（一七七四年）以前の時代には存在しません。

だから、例えば戦国時代や江戸時代の初期が舞台の時代劇で「神経質」などと登場人物の性格を描写するのはＮＧです。

「神経」という言葉が一般に周知徹底して広まるまでには相当な時間を必要とするはずですし、それが更に「神経質」という形容詞とか「神経を尖らせる」といった用法で使われるとなると、おそらくは明治以降かと思われます。

反射

似たような言葉に「反射」があります。

「反射」という生体現象が発見されたのは一八七五年（明治八年）なので、「反射的に」という言葉が一般化するのは、昭和に入ってからでしょう。

「敵が斬りつけてくるのを、反射的に躱《かわ》し」などという剣戟《けんげき》シーンの表現は、有り得ないわけで、ここは「咄嗟《とっさ》に躱し」あたりが妥当なところです。

医学用語では、黴菌《ばいきん》とか病原菌といった概念は、反射現象が発見された翌年の一八七六年にコッホが炭疽《たんそ》菌を発見して以降になります。

それ以前には、そもそも概念として存在しないので、時代劇には使えませんが、けっこう見受けます。
ここは「毒」「化膿《かのう》」といった言葉で代用する以外にないでしょう。

情報

戦国時代や幕末が舞台の時代劇だと「情報」が出てくる事例が多いのですが、これもNG。実は「情報」は、明治二十年に森鴎外が「情況」と「報告」を組み合わせて使ったのが初出で、それ以前には存在しない言葉なんです。

権利

この他にも、英語やオランダ語を翻訳した際に漢字を当て嵌め、それが原因で、てっきり古くから存在する日本語だと誤解されている言葉は多くあります。

たとえば「権利」は、英語「rigtht」の訳語で、慶応元年が初出です。

自由

こういう外国語に漢字を当て嵌めた言葉で主なものを挙げていくと、例えば「自由」は福沢諭吉が著した『西洋事情』（慶応二年初版）でlibertyの訳語として充てた言葉（江戸幕府の通詞だった堀達之助が文久二年に出した『英和対訳袖珍《しゅうちん》辞書』が初出という説もありますす）なので、とにかく、それ以前には存在しません。

それ以前の時代劇に使うのなら、勝手、気儘《きまま》などが妥当でしょう。

自然

「自然」は古くから存在した言葉ですが、「自然」が nature の意味で使われるのは明治時代の後半で、それまでは、「無意識的な」といった意味で使われていました。

したがって「素晴らしい自然環境」のような用法は、時代劇ではＮＧですが見受けます。

台風

また「台風」も新しい言葉で、江戸時代までは、一般的には「野分《のわき》」と呼びました。

幕末から明治にかけての蘭学者で緒方洪庵《おがたこうあん》の適塾《てきじゅく》の塾頭であった伊藤慎蔵《しんぞう》がオランダ語の文献を訳した際に、台風を意味する「ティフォーン」に「颶風」の文字を充《あ》てたのが最初です。

これを、オランダ語の原音を活かして「颱風《たいふう》」と表記するようになったのは、明治時代になってからで、それを更に現在のように「台風」と書くようになったのは、実に昭和三十一年以降なのです。

インフルエンザ

意外なのは、インフルエンザです。

日本語では「流行性感冒《かんぼう》」と言いますが、これは、明治時代に発明された言葉（「感冒」という言葉は江戸時代から存在しました）で江戸時代には、そのまま「インフルエンザ」と呼ばれていました。

但し、漢字表記では「印弗魯英撒」という、ややこしい字を書きます。

どん真中

明治維新の戊辰《ぼしん》戦争を機に、多くの言葉が西から東に流入しました。薩長土肥などの官軍の兵士が大挙して江戸に流れ込み、それが原因で、関東地方でも使われるようになりましたが、江戸時代までは使われていないという言葉が、多々あります。

例えば「ど真ん中」が、そうです。

「ど」という強調語は関西弁。

江戸時代の江戸弁には存在しないので、江戸が舞台の時代劇で使うのは、NGです。

江戸弁だと「真ん真ん中」となります。

ど素人

「ど」を強調語に使った言葉には、他に「ど素人」があります。

これは江戸弁では、「ズブの素人」と言います。

江戸っ子は「タネ」→「ネタ」のように上下を引っ繰り返すのを粋だと考えており、「素人」は、上下を引っ繰り返して明治時代に「とうしろう」と言うようになりました。

「ど素人」という用法は、更に時代が下がります。

阿呆と馬鹿

関西と関東で異なる言葉には、他に阿呆（関西）と馬鹿（関東）などがあります。
これは現在の愛知県と静岡県の県境あたりが、およその分岐点になります。
関西人は「阿呆」と言い、関東人は「馬鹿」と言います。

おたんこなす

悪口としては他に「おたんこなす」がありますが、これは、漢字表記すると「御短小茄子」で、男性器が小茄子のように短小だ、という悪口ですが、昭和時代になっての造語なので、時代劇には使えません。

出歯亀

「出歯亀」も使えません。

「出歯亀」は、女湯の覗き常習犯の「出歯の亀吉」こと、池田亀太郎の強姦殺人事件（明治四十一年三月）に由来するので、それ以前には存在しない言葉です。

烏賊と蛸

時代劇で使える悪口には「烏賊《いか》」と「蛸《たこ》」があります。

そもそもは、御目見《おめみえ》以上の人間（旗本以上）が、御目見以下の人間（御家人《ごけにん》など）に対して「この烏賊野郎が」と罵倒したのを受け、頭に来た側が「何だ、この蛸」と言い返した駄洒落《だじゃれ》が元になっています。

現代では前者が消滅し、後者だけが悪口として残っていますが。

自分

関西と関東では違う言葉に、話を戻しますと、警察官や自衛官が丁寧に言う場合の一人称は「自分」で、その影響で、体育会系の人間は「自分」という人が多いです。

でも、この一人称は、そもそもは戊辰《ぼしん》戦争に官軍として従軍した長州人が、関東に持ち込んだものです。

で、戊辰戦後、長州兵が数多く警視庁の警察官として採用されたことから、現在の警察官や自衛官が自身を指して「自分」と言う風潮が生まれたもので、したがって明治以前の、江戸が舞台の時代劇には使えません。

僕

他に長州人が持ち込んだ一人称には「僕《ぼく》」があります。

これは、吉田松蔭《しょういん》が最初に使い始めたという説が有力ですが、そもそもは単なる一人称ではなくて、「天皇の下僕」を意味しました。したがって「尊皇思想」に気触《かぶ》れた西国諸大名の、尊皇倒幕派の家臣や浪士たちが「思想をアピールする一人称」として使い始めたものです。

ですから、そういう思想を持たない人間に一人称として「僕」と言わせるのは、妥当《だとう》ではありません。

「僕」と書く一人称自体は、かなり古くから存在しますが、それは、「ぼく」ではなくて、

「やつがれ」と読ませます。

藩

他に徳川方が使わなかった言葉に「藩」があります。

「藩」は中国には元からあった言葉で「皇帝に仕える諸侯の領地」を意味し、日本では新井白石が元禄十五年に『藩翰譜《はんかんふ》』で使ったのが初出。

幕末まで掛かってようやく周知し、「天皇に仕える諸大名の領地」の意味で尊皇倒幕派が言い出しましたが、幕府方の人間は最後まで使いませんでした。

例えば、諸大名が各地に建てた学校を「藩校」と言いますが、幕府側では「学問所」と言いました。

目から鱗が落ちる

この言葉は、もう日本語に定着しているので、てっきり元からの日本語だと勘違いして使う時代劇作家がいるんですが、新約聖書の言葉なので、隠れ切支丹の設定でもない限り、時代劇に使うのは不適当なんです。

『使徒行伝』の第九章にある、次のような一節です。抄訳して紹介します。

ダマスコにアナニヤという弟子がいた。この人に主が幻の中に現れて、「アナニヤよ。サウロというタルソ人を訪ねなさい。彼は、アナニヤが入ってきて、手を自分の上に置いて再び見えるようにしてくれるのを、幻で見た。さあ、行きなさい。あの人は、異邦人たち、王たち、またイスラエルの子らにも、私の名を伝える器として、私が選んだ者である」

そこでアナニヤは、出かけて行って手をサウロの上に置いて言った。

「兄弟サウロよ、あなたが来る途中で現れた主イエスは、あなたが再び見えるようになるため、聖霊に満たされるために、私をここにお遣わしになったのです」

するとたちどころに、サウロの目から鱗のようなものが落ち、元どおり見えるようになった。そこで彼は立ってバプテスマを受け、また食事をとって元気を取りもどした。サウロは、ダマスコにいる弟子たちと共に数日間を過ごしてから直ちに諸会堂でイエスのことを宣べ伝え、このイエスこそ神の子であると説き始めた。

天国・煉獄

「天国」も「煉獄」も、キリスト教用語なので、やはり、隠れ切支丹の設定でもない限り、時代劇に使うのは不適当です。

時代劇であれば、「極楽」とか「極楽浄土」などと言わなければなりません。「地獄」は、仏教にもキリスト教にもあるのでＯＫですが。

その他、てっきり日本語だと勘違いして使いそうな聖書の言葉には、次のようなものがあります。

「働かざる者、食うべからず」（第二テサロニケ書）

「目には目を、歯には歯を」「明日のことを思い煩うな」「求めよ、さらば与えられん」「狭

き門より入れ」「砂上の楼閣」（マタイ福音書）
「笛吹けど踊らず」（ルカ福音書）
なお「空中の楼閣」ならば北宋（西暦九六〇年〜一一二七年）の沈括《しんかつ》による随筆集『夢《む》渓筆談《けいひつだん》』の言葉で、平安時代に日本に入ってきているので、ＯＫ。
両者がゴチャ混ぜになって「砂中の楼閣」などという誤記もあります。
そもそも「砂上の楼閣」の訳語自体が、以前から日本語に存在した「空中の楼閣」からの連想で創出されたと考えられます。

下関・関門海峡

これは、時代劇でも比較的よく見かける間違いです。

下関港周辺は江戸時代までは赤間関《あかまがせき》と呼ばれており、これを赤馬関とも書いたことから、これを略した馬関《ばかん》という別名も用いられ、関門海峡は馬関海峡と呼ばれていました。

幕末の文久三年（一八六三）と翌年の二回に亘って、長州とイギリス・フランス・オランダ・アメリカの四国連合艦隊との間に起きた攘夷戦争は、一般的に「下関戦争」と呼ばれていますが、歴史学的に正しくは「馬関戦争」です。

明治二十二年四月の市制施行時に、日本最初の市の一つとして赤間関市が発足し、明治三十五年に、下関市となりました。

そもそも山口県地方には、古くは京に近いほうから順に上関・中関（現代の三田尻中関）・下関の三つの「海上関所」が設けられており、明治政府は「できるだけ朝廷が権威を持っていた古い時代の表記に戻そう」という思想に基づいて、赤間関→下関と「戻した」わけです。

道場

江戸時代は、実は「稽古場」と呼称しました。「道場」は明治時代になって「剣術」が「剣道」に、「柔術」が「柔道」になってからの表記です。

剣術や柔術の時代には「反則」が存在しません。噛みつこうが、急所の金的に蹴りを食わせようが、敵の両眼を指で突こうが、全てＯＫです。

何しろ剣術も柔術も「合戦場における生き残り術」ですから、反則のような「縛り」など、あるわけがありません。

しかし、明治維新によって「平和な時代」になったわけですから、そういう反則技は「道に外れる」という新政府の「お声掛かり」によって「術」が「道」という道徳になりました。

藩校

幕府側には「藩」という概念がない（「藩」は古代中国の概念で「皇帝＝天皇に仕える諸侯の領地」の意味。倒幕派や尊皇派だけが言いました）ので大半が「学問所」と言いました。

後に東京帝国大学、東京大学と、形を変えて現代まで存続することになる徳川幕府直轄の学問研究機関は「昌平坂学問所」です。

全国各地の大名が設けた学問研究機関には、単に「学問所」という名称のものが、何十例も存在します。

下手渡（福島県伊達市）の立花家、烏山（栃木県）の大久保家、上野吉井（群馬県高崎市）

の松平家、多胡（千葉県香取郡）の松平家、一宮（千葉県長生郡）の加納家、与板（新潟県長岡市）の井伊家、大聖寺（石川県加賀市）の前田家、大野（福井県）の土井家、松代（長野市）の真田家、奥殿（愛知県岡崎市）の松平家、加納（岐阜市）の永井家、大垣（岐阜県）の戸田家、横須賀（静岡県掛川市）の西尾家、山家《やまが》（京都府綾部市）の谷家、出石（兵庫県豊岡市）の仙石家、安志《あんじ》（兵庫県姫路市）の小笠原家、山崎（兵庫県宍粟《しそう》市）の本多家、津山（岡山県）の松平家、備中松山（岡山県高梁《たかはし》市）の板倉家、広島の浅野家、徳島の蜂須賀家、福岡の黒田家、府内（大分市）の松平家、佐伯（大分県）の毛利家、延岡（宮崎県）の内藤家、飫肥《おび》（宮崎県日南市）の伊東家がそうです。

「これでは芸がない」と考えたのか、後に「館」とか「堂」の付いた名前に変更したところが幾つかありますが（修道館・教学館・崇文館・正徳館・時習館・明倫館・文武館・敬教堂・致道館・弘道館・明倫堂・思斉館・有終館・長久館・修猷館・明善堂・采芹堂・広業館・振徳堂など）「藩」の付いた学校は、大政奉還の前の時点では皆無に近いです。

六曜（先勝・友引・先負・仏滅・大安・赤口）

現代ではカレンダーや市販の手帳の大半にも記されていて、縁起が良いとか悪いとか言われていますが、これを時代劇で使うと、ほとんどダメです。

六曜思想が中国から日本に伝来したのは鎌倉時代ですが、全くと言って良いほど、一般には普及しませんでした。

幕末に至って暦が一般に広く販売されるようになると、六曜の吉凶を記すれば特に縁起を担ぐ人に良く売れるので、その日の運勢などを出すようになりました。

ですから、江戸時代の中期以前が舞台の時代劇に、六曜による運勢の話などが出ていたら、時代考証間違いです。

江戸時代と現代で意味、用法が異なる言葉

片手落ち

江戸時代以前と現代で、意味や用法が異なる言葉は多々あります。

例えば、元禄赤穂事件（忠臣蔵）の裁決で有名になった「片手落ち」という言葉。

赤穂の浅野内匠頭《たくみのかみ》長矩《ながのり》が高家筆頭の吉良上野介義央《よしなか》に斬りつけた事件に関し、「喧嘩両成敗《けんかりょうせいばい》」が当時の不文律になっていたにも拘《かか》わらず浅野家が取り潰されたのに対して、吉良家は一切のお咎《とが》めなしでした。

これが後に『忠臣蔵』の討ち入りに結びつくわけですが、五代将軍の綱吉が下した裁定に対して「片手落ち」だと批難されました。

ところが「片手落ち」という言葉は、実は、明治時代になって誕生したものなんです。

江戸時代までは、「片落ち」が正しい用法です。

一時期、「片手落ち」が差別用語だとマスコミなどで糾弾《きゅうだん》されて、それで古くからの「片落ち」が復活したのです。

ところが時代考証に詳しくない人だと「片手落ちは〝片＋手落ち〟であって〝片手＋落ち〟ではない。

だから差別用語ではない。

〝片落ち〟のような姑息《こそく》な〝差別忌避《きひ》語〟を使わず、正しい日本語を使うべきだ」などと主張します。

だが、実は「片落ち」のほうこそが、古来からの日本語なのです。

このように差別問題が契機となって近年、それも太平洋戦争以降に誕生した造語は多いんです。

村落、集落

例えば「村落」や「集落」は、時代劇では単に「村」と表記すべきでしょう。「村落」も「集落」も、どっちも部落差別問題が起きた時以降の代替用語なので、感心しません。

そもそも、「村落」「集落」が、古来からの伝統的日本語であれば「村民・村人・農村・村外れ」ではなくて、「村落民・村落人・農村落・村落外れ」「集落民・集落人・農集落・集落外れ」でなければ変です。ところが、そんな言葉は存在しません。

つまり、近代になって強引に創った造語だと分かります。ですから、時代劇では「村」と書くべきなのです。

のべつ幕なし

根底に差別問題が絡んでいなくても、近年に入っての造語は多々あります。

例えば、「絶え間なく続く状況」を表現する「のべつ幕なし」という言葉。

「のべつ幕なし」と言うようになったのは明治時代になってからで、江戸時代だと、単に「のべつ」だけでした。

「のべつ」は、漢字表記すると「延《の》べつ」で、「絶え間ない」という意味ですが、時代が下がるに連れて、本来の意味が希薄になってきたので、改めて似たような意味の「幕なし」を、くっつけたわけです。

さん

女性につける「阿《お》」も同じです。

例えば「花」という女性の場合、江戸時代の初期は「阿花《おはな》」だけで敬称になっていたのが、だんだんに敬称のニュアンスが薄れて、ついには名前の一部のようになってきたので「阿花さん」と「さん」をくっつけるようになってきました。

月命日

「月命日」という言葉も、時代劇では使えません。

故人の死亡日と月日まで一致する日を「祥月命日《しょうつきめいにち》」と呼んで、単に日だけが一致する（つまり年に十一回、閏月《うるうづき》がある年は十二回）日を「命日」と呼ぶのが、時代劇では正しい用法です。

ところが、時代が下るに連れて、祥月命日を略して単に「命日」と呼ぶようになったものだから、毎月の命日を呼ぶ「月命日」という言葉が近年になって生まれました。

したがって、時代劇で「月命日」を使うのはＮＧなのですが、残念ながら、時おり見かけます。

面子

麻雀《まーじゃん》が流行したことで、一般的に使われるようになったNG用語も、二つあります。

例えば「面子《めんつ》を潰される」といった用法の「面子」は昭和時代に入ってからの言葉なので、時代劇に使うのであれば、「面目《めんもく》」とか「体面」とか「世間体《せけんてい》」でなければなりません。

ところが江戸時代にも「面子」という言葉自体は存在しました。

もし時代劇で「面子」と書いたら「めんこ」と読んで、つまり、子供遊びのメンコです。

メンコ遊びは八代将軍の吉宗の時代に始まりました。

ただし、江戸時代は紙が極めて高価だったので、泥粘土《どろねんど》を素焼きにしたものが用いられました。

対面

麻雀では、正面の打ち手のことを「対面《といめん》」と呼ぶので、「対面」を時代劇に使う人が意外に多いんですが、もちろん麻雀用語なので、不適当です。

これは「正面」とか「向かい」と書かなければいけません。

「対面」を使う事例は「対面する」「初対面」といった、「たいめん」と読む用法の場合でなければならないわけです。

素敵

「素敵《すてき》」も使えません。

「すてき」は、江戸時代の後期に発生した流行語で、どこが起源なのかは、諸説あって判然としないのですが、これに充《あ》てる漢字が江戸時代には存在しませんでした。

明治時代になって「素的」の文字が使われるようになり、大正時代になって、ようやく今の「素敵」という表記も見られるようになったのですが、まだまだ「素的」のほうが多数派でした。

「素敵」の表記が多数派になるのは昭和になって以降なので、時代劇では江戸時代後期に限定して、平仮名表記で使わなければなりません。

しかし、漢字で表記している作品を、けっこう見受けます。

行かず後家

江戸時代以前と現代で、意味が違う言葉も、いくつかあります。

まず、「行かず後家」ですが、これは、せっかく婚約が決まったのに、嫁入りする前に縁談の相手が急死して、「行く前に未亡人（後家）になった状況を指す言葉です。

現代のように「恋人もボーイフレンドもおらず、そのために行き遅れて結婚できない」状態を指したら、時代考証的には間違いとなります。

すっぴん

「すっぴん」は現代では単に「化粧していない」状態を指しますが、江戸時代では「素嬪」と書いて「素顔でも別嬪（美人）」を意味しました。

つまり、「化粧していないブス」には、使えなかったわけです。

厄介

「厄介」は江戸時代では「扶養家族」の意味でした。

ところが江戸時代も後期になると、天明の大飢饉を筆頭に、大きな飢饉が相次いで、扶養家族を養うのが非常に困難になってきました。

そこから現代のような「面倒な」「困難な」「やりにくい」といった意味に変化していったわけです。

ですから現代の意味で「厄介」を使うと、時代考証的には間違いということになります。

真逆

最近の言葉では「真逆」があります。

「まぎゃく＝真逆」は、平成になってから生まれた言葉で、「真逆」は「まさか」と読みます。

現代用法の「真逆」の意味でなら、「正反対」か「真反対」と言わなければなりません。

毎週

徳川八代将軍の吉宗は、三代前の綱吉の発した「生類憐れみの令」のせいで、しばらく行われていなかった将軍による鷹狩りを復活させたことで、知られています。

ところで、徳川幕府の正史『徳川実紀』で、吉宗に関する記録の『有徳院殿御実紀』に当たって、鷹狩りの頻度を調べてみると、甚だしい時には、七日に一度のペース、つまり、毎週の頻度でやっていた史実が分かります。

鷹狩りは単なる遊びではなく、軍事教練《きょうれん》でした。

完全武装した状態で野山を全力疾走で駆け回るのですから、吉宗の道楽に付き合わされる旗本や御家人は体力の限界まで要求され、堪《たま》ったものではありません。

出かける時には過労死が頭を過《よ》ぎるのでしょう、「今日は、ひょっとしたら生きて帰れぬかも知れぬ」と、家族と水杯《みずさかずき》を交わした者もいたと伝えられるほどです。

吉宗時代の旗本・御家人は、もはや完全なブラック企業ですね。

実際、吉宗は体力抜群で、自らも鷹を追って全力疾走した際に、上ばかりを見て足元への注意が疎かになったために農家の肥溜《こえだ》めに転落して全身が糞塗《くそまみ》れになったとか、ばったり猪に遭遇《そうぐう》して、急いで鉄砲で撃ったものの命中せず、突進してくる猪の脳天を、逆さに持ち替えた鉄砲の銃把で一撃して殴り殺したとか、面白いエピソードには事欠きません。

さて、この「七日に一度」ですが、これを「毎週」と書いてはいけません。「週」の概念は、和暦（太陰暦）に代わって太陽暦が導入されて以降なので、明治六年よりも後です。

それ以前は単に「七日」と書きます。

その時代に使ったらアウトな事柄

「子」のつく名前

江戸時代以前には「子」の付く名前は貴族か大名の姫君にしか付けることが許されていませんでした。

秀吉の北政所が「寧々」から「寧子」に改名したのも、秀吉が大大名になって以降です。

二代将軍の秀忠の御台所《みだいどころ》が名前を江子、もしくは達子と改名したのも、将軍家に嫁いで以降です。

奉行所、同心はひとつではない

直木賞候補になった、ある作品ですが、「奉行所」と「同心」が頻繁に出てきます。ところが、どんな奉行所なのかが、分からない。

奉行所には、ざっと数えて七十ぐらいの種類があり、つまり、そこに務める同心にも、七十ぐらいの種類があるわけです。

油漆奉行、石奉行、植木奉行、金奉行、具足奉行、蔵奉行、鉄砲奉行、弓矢奉行、外国奉行、瓦奉行、勘定奉行、道中奉行、軍艦奉行、小細工奉行、作事奉行、材木奉行、寺社奉行、山陵奉行、牢屋奉行、米蔵奉行、畳奉行、槍奉行、町奉行、野馬奉行、林奉行、小普請奉行、幕奉行、弓矢槍奉行……。

まだまだあります。

この物語の舞台は江戸ではありません。

江戸なら盗賊の取締りなどは町奉行か火付盗賊改の担当ですが、田舎なので、どっちも該当しない。

となると、何の奉行なのか、さっぱり分からないわけです。

この程度の「常識」を知らないで権威ある時代劇系の新人賞に応募すると、選考委員に無知蒙昧《むちもうまい》ぶりを厳しく指弾されかねませんから、要注意。

田舎では、犯罪事件が起きると、名主（地方によっては、庄屋とか肝煎《きもいり》）を筆頭とし、組頭（年寄）と百姓代の三者で構成する地方三役《ぢかたさんやく》が配下の小作農を動員して捜査取締りを行いました。

そのために、名主や組頭の屋敷の玄関を入ると、壁に刺股《さすまた》、突棒《つくぼう》、鼻捻棒《はなねじぼう》、袖搦《そでがらみ》、熊手といった捕者道具が用意されていました。

このレベルでは太刀打ちができない凶悪な野盗団などが出没すると、致し方ないので、遠路はるばる江戸まで火付盗賊改の出馬を仰ぎに出向きました。

町奉行所は江戸市中だけが管轄ですが、火付盗賊改には管轄地域がないので、実際に火付盗賊改の同心が越後（新潟県）に赴いた記録が残っています。

将門の「相馬百官」の箇所で取り上げる初代の火付盗賊改長官の服部中保正《あたる》などは伊賀組の忍びたちを同心として率いて、現代の群馬県、栃木県、茨城県あたりに出没した野盗団を百人以上も斬り殺したり、獄門に処したりした壮絶な記録が『寛永重修家譜《かんえいちょうしゅうかふ》』に書かれています。

企業乗っ取りでも社員は据え置き

そもそも名主、組頭、百姓代の地方《ぢかた》三役は江戸時代は身分的には百姓ですが、元からの百姓ではありません。

戦国時代には、その地方の有力大名に仕えた有力家臣で、それが信長、秀吉、家康の三人による天下統合が進んで仕えていた大名が滅ぼされると、本領安堵を受け、以前の領地はそのまま名主、組頭、百姓代と名称だけ変えて留まったわけです。

要するに、現代風に喩えるなら、天下統一という「企業乗っ取り」では社長や重役のみ殺したり追放して、中間管理職よりも下の武将たちは、そのまま、地方三役という名目にして、据え置きました。

中には、下田城主だった清水氏のように、場所を移して沼津宿の本陣になった家もありますが。

こういう「トップだけを箝《す》げ替える」手法を採ったからこそ、信長、秀吉、家康の三人による天下統合は極めて円滑に進んだわけです。

代表的な名主は、かつて上杉謙信に仕えて、謙信の亡き後は後継者の景勝を嫌って野に下った酒田の本間一族です。

御家人の身分は金で買えた

「本間様には及びもせぬが、せめてなりたや殿様に」と謳われるほどの栄華を誇り、所有していた土地は実に五百三十万坪にも及びました。

十三万八千石の石高で庄内地方を支配していた酒井家よりも本間家のほうがよほど豊かで、酒井家が金に困る都度、本間家は拝み倒されて数万両もの大金を融資しています。

本間家は、少なく見積もっても、五十万石クラスの大名に匹敵する経済力を持っていたことが分かります。

本間家ほどではありませんが、十万石の大名クラスの大名主は、全国に大勢いました。

五千石から一万石くらいの中小名主なら数えられないほどいたはずです。

ここで、もう一つ重大な時代考証ミスのある作品を紹介します。

後に直木賞も受賞することになる有名作家の山本周五郎賞受賞作に「大百姓（つまり名主か組頭）が、侍の御家人身分になりたくて家屋敷を手放す」という設定のものがありました。

これが、どれほど変かは、もう、お分かりでしょう。

喩えるなら、地方銀行の頭取が「私企業では生活が安定しないから、市役所の最下級の平役人で良いから、なりたい」と言い出して、家屋敷から所有する株から全て投げ出して市役所に就職するための運動資金にする、というようなものです。

そんな馬鹿げたことは、有り得ません。

御家人の身分など、大百姓なら月収で買えます。

日収で買えるかも知れません。

江戸時代、士農工商の身分制度は存在していなかった

領主から「儂《わし》に仕えて侍になれ」と言われて、固辞した百姓も大勢います。

その代表格が大畑才蔵でしょう。

才蔵は江戸時代の紀伊徳川家の領地の大百姓で、水利事業に大きな貢献をし、紀の川から引水して小田井用水路、藤崎井用水路などの大規模灌漑用水、疏水《そすい》工事を行った人物として知られています。

徳川家に仕えるように何度も要請されましたが頑強に断り、やむなく徳川家は才蔵に三人扶持と、生涯に亘って年に十両の俸禄を保証して、徳川家の領内全域の測量、治水用水工事を委ねる「代官格」で遇しました。

こういったことからも、江戸時代には「士農工商の身分制度」など存在していないことが明らかで、実際に平成時代に入ると、文部科学省認定の日本史の教科書から、一斉に「士農工商」の文言が消えました。

大畑才蔵は水盛台という測量器械を開発した発明家でもありましたが、才蔵のように測量や治水用水工事で代官格になった百姓もいれば、関所役人として起用された百姓もいました。

東海道の箱根の関所や、新居の関所、中山道の碓氷《うすい》の関所や木曽福島の関所のように大名が参勤交代で通る重要な関所の役人は、現代で言えば国家公務員で、地元との癒着などの不都合な事案が起きないように、定期的に人事異動がありました。

余所の重要な関所に異動となるわけです。

重要度の低い関所には地元の名主クラスの大百姓が関所役人に起用されて、代々に亘《わた》って幕末まで務めた家もあります。

例えば三国街道の猿ヶ京の関所役人を代々に亘って務めた片野家は群馬県の指定史跡

で、大量の通関記録や関所手形が残されています。

三国街道よりも、もっと重要度の低かった下仁田街道は別名が、上州姫街道と呼ばれ、ここには西牧の関所がありました。

江戸時代の関所は「入り鉄砲に出女」で、特に、関東地方から外に出ようとする女の取締りが厳しかった（大名が幕府に差し出した人質の妻女が脱走するのを防ぐため）でしたが、この西牧の関所は「善光寺にお参りに行きます」と言えば、ほとんどフリーパスだったので、それで、「姫街道」と呼ばれたわけです。

他に有名な姫街道には、東海道の新居の関所を通らず、浜名湖の北側を通過する本坂街道があります。

ここは気賀《きが》に関所が設けられましたが、新居の関所よりも格段にチェックが緩かったので、よく利用されました。

手形がなくても通れた関所

関所手形がなければ関所は通過できないようなイメージがありますが、緩い関所では、手形がなくても、関所役人の取り調べを受けて、どう見ても怪しくなければ「お目こぼし」で通して貰えました。

旅芸人の一座などは、そうして通関しました。

仮に通関が無理で追い返されても、そういう姫街道は、たいてい近所に容易に抜けられる間道が存在しました。

西牧の関所も航空写真で見ると、少し下仁田街道を外れて山の中を行けば、和見峠を抜けて、軽井沢方面に容易に出られることが分かります。

江戸時代で時代劇というと『木枯らし紋次郎』のような無宿人もヒーロー像の一人です。

無宿人は当然、関所手形などは持っていません。

では、通関は、どうやったのか。

通関など一切せずに、最初から関所破りを敢行したのか。

それが、一応は通してもらえるかどうか関所役人に「お伺い」を立てたようです。

そうすると百姓が関所役人をしている「緩い関所」では、旅芸人の一座などと同じ扱いで、三日間に亘って付属の牢に留め置いて観察し、挙動が特に不審でないと見たら通関を許していた、と記録に残っています。

江戸時代以前の人々は一日にどれくらいの距離を歩いていたのか

ところで『木枯らし紋次郎』というと、今でも時々ＣＡＴＶやＢＳで再放送がありますが、中でも印象的なのは主演の中村敦夫が、道中合羽を翻しながら物凄いスピードで歩いているシーンです。

江戸時代以前の人々は、いったい一日にどれくらいの距離を歩いていたのか、という疑問が、自分で時代劇を書こうとしている人には出てくると思います。

結論から言うと、江戸時代以前の人々の歩行距離は老人や子供で一日に八里、成人女子で十里から十二里、成人男子で十三里から十五里、早足の男子だと実に二十里、忍びともなると三十里もの遠距離を歩いたのです。

戦国時代に、本能寺の変を聞いた秀吉が「中国路大返し」で、水攻め最中の備中高松城から山崎（現在の京都府乙訓郡大山崎町）までの約二百キロを踏破した行軍は、日本史上でも屈指の大強行軍として知られていますが、十日間を掛けていますから、一日あたり二十キロ（五里）で、実は、全く大した強行軍ではありません。

重兵装していますから、通常の旅よりは大変ですが、重量物は輜重《しちょう》運搬用の大八車に積んで運べば良いので、さほどではありません。

NHKの大河ドラマでやったような、疲労困憊《こんぱい》、息も絶え絶え、などという状態になるわけがなく、秀吉軍は、かなり余裕を持った状態で明智光秀との天下分け目の決戦に臨んだはずです。

強行軍といえば、映画にもなった『超高速参勤交代』が有名ですが、これは陸奥国磐城（現在の福島県いわき市常磐下湯長谷）の小大名の内藤政醇《まさあつ》が江戸での参勤を終えて帰国したところが、老中・松平信祝《のぶとき》の命令で「内容家所有の金山の調査結果に疑義があるため、事情説明のために「五日のうちに再び参勤せよ」という無理難題を吹っ掛けられた、というストーリーでした。

ところが常磐の下湯長谷から江戸までの直線距離は、二百キロです。

行程のほとんどが平地ですし、これを五日なら、一日あたり四十キロ（十里）で、ちっとも無理難題ではありません。

もっと遙かに無理難題な江戸参勤をやってのけたのは、加賀百万石の前田家です。

前田家第三代の光高の時（寛永二十年）に、江戸城内では「前田家謀反」の風聞が持ち上がり、この報せを聞いた光高は疑惑を払拭《ふっしょく》するべく、江戸までの百五十一里（六百四キロ）をわずか六泊七日で踏破したスピード記録を持っています。

加賀から江戸までは山あり谷ありで、秀吉の中国路大返しやフィクションの『超高速参勤交代』とは比較になりません。

前田家の「真実の超高速参勤交代」は中村彰彦『われに千里の思いあり』の第二巻に詳述されています。

アップダウンまで考え合わせると、『超高速参勤交代』のおそらく三倍以上の強行軍を、加賀百万石の命運を懸けて前田家はやってのけたわけで、まさに「史実は小説よりも奇なり」です。また、この史実から、江戸時代以前の人間が一日にどの程度の距離を歩いたのか、という「時代劇の常識」も得ることができます。

「忍び」は一日にどれくらい歩いていたか

さて次は、「忍びともなると三十里もの遠距離を歩いた」です。

どうして、記録にも残っていない忍びのことが分かるのだ、と疑問を呈する人もいるかと思います。

いいえ。

ちゃんと記録に残っている、歴史上の人物がいるのです。

それは、伊勢出身の村上島之允《しまのじょう》です。

島之允は老中・松平定信の命令で近藤重蔵と共に蝦夷地（北海道）に赴き、『蝦夷見聞記』などの本を著し、測量家として『函館表よりヲシャマンべまで里程調』『蝦夷値の図』

などの地図を作成しています。
つまり島之允は、伊能忠敬の先駆者でした。

島之允の門弟の一人が間宮林蔵で、林蔵は間宮海峡の発見を筆頭に、樺太を含む蝦夷図の作成に大きな業績をあげていますが、島之允に弟子入りした頃の林蔵は、まだ十三歳で、師匠の島之允が一日に三十里の凄まじいペースで移動するので、従《つ》いていくだけで死ぬ思いだったと述懐《じゅっかい》しています。

どのくらいのペースかは、女子マラソンの一流選手のスピードより少し遅く、変速ギアのないママチャリを、一日に八時間、全力で漕ぎ続ける、とイメージすると「当たらずといえども遠からず」です。

島之允の郷里は「忍者の里」の伊賀にも近く、島之允が忍者の出だった、と考えても矛盾はしません。

俳聖の松尾芭蕉が伊賀の出身で『奥の細道』などに記された踏破距離の長さから「芭蕉

「忍者説」が出たのも、村上島之允の残したエピソードと考え合わせれば、無理からぬところです。

時代ものの登場人物の名前

「信長様」はＮＧ

時代劇の登場人物のネーミングは、これは時代考証的に、極めて難しいです。

情けないことに、時代劇のプロ作家や時代劇のプロ脚本家でも、全く分かっていない人が、相当数います。

明治維新よりも前の日本人男子は、苗字＋通称（官位がある人は官位）＋諱《いみな》（本名）という三層構造をしていました。

誰でも知っている有名人物で例を引くと、一介の剣術家であった柳生家を、大名にまで出世させた柳生宗矩《むねのり》。

最初は柳生又右衛門《またえもん》宗矩で、後に柳生但馬守《たじまのかみ》宗矩となります。

この「又右衛門」が通称で「但馬守」が官位です。

布衣《ほい》（礼服を着用して、正式の場で将軍に対面することが許された、御目見《おめみえ》の身分）以上になると幕府から官位が与えられ、以降は、通称は名乗らなくなります。

幼馴染みなどが砕けた雰囲気の場で通称を呼ぶことが儘《まま》ありますが、それは現代人が、親密な相手を綽名《あだな》で呼ぶようなもので、正式な呼称ではありません。

戦国時代ですと、室町幕府の足利家から官位を貰うことが正式なわけですが、徳川幕府と違って、同じ十五代ありながら足利家は後半には急速に権威が失墜するので、地方大名の中には勝手に官位を自称する者が出てきました。

その代表格が、織田信長です。

信長の最初の通称は「三郎」ですが、濃姫と結婚した頃から、上総介《かずさのすけ》↓尾張守と自称官位が「昇進」していきます（ちなみに「結婚」は明治時代の造語で、江戸時代以前は「祝言《しゅうげん》を挙げる」です）。

「尾張守」は「尾張の国司」で「上総介」は「上総の次官」です。最初の上総介時代なら、正式のフルネームは「織田上総介信長」ですが、会話では苗字も諱も呼ばず、通称（もしくは官位）だけで「上総介様」と呼ぶのが礼儀でした。

なぜかというと、江戸時代末期まで「呪殺《じゅさつ》」という秘術が、信じられていました。

実際に薩摩の島津斉彬《なりあきら》に対しては、呪詛《じゅそ》が行われたことが知られています。

島津斉彬の呪詛は、直木賞に今も名前を留めている直木三十五の『南国太平記』に詳細に描かれています。

『南国太平記』は青空文庫というインターネット上のサイトで、無料でダウンロードして読むことができます。

呪詛には、呪う相手の苗字と諱の、正確な漢字表記が必要です。

そのために苗字と諱は敵方に知られないように、口頭で言うことが固く禁じられていました。

大河ドラマの台詞で「信長様」「秀吉様」「家康様」などと呼び掛けるのは言語道断《ごんごどうだん》の不作法《ぶさほう》行為です。

もう、そうなったら、時代考証が出鱈目《でたらめ》なことが、この一事だけで分かります。

例えば『剣客商売』に主要登場人物（ヒロイン佐々木三冬の実父）として出てくる田沼意次《おきつぐ》のフルネームは「田沼主殿頭《とのものかみ》意次」ですが、台詞で「田沼主殿頭」と言ってはいけません。

「主殿頭」だけです。

幕閣には、主殿頭は田沼だけですから、官位だけで誰のことか分かる（主殿頭に関しては後述）ようになっています。

国主としての官位を許された大名も全て「＊＊守」だけで、苗字は台詞では絶対に口に出してはいけません。

同じ官位の者は、いないからです。

戦国時代で、家臣に「＊＊守」の呼称《こしょう》を許していた大名家でも、同じ呼称の者の重複は起きないように配慮していました。

例えば上杉謙信の家臣団の官位は、次のようになっています。

長尾越前守政景、新津丹波守勝資、北条《きたじょう》丹後守景広、色部修理大夫長実（修理大夫については、後で改めて触れます）、本庄美作守実乃、本庄越前守繁長（長尾政景と重複しますが、本庄繁長が越前守を名乗るのは長尾政景の死後）、水原常陸介親憲、安田上総介能元、柿崎和泉守景家、千坂対馬守景親、直江大和守景綱、竹俣三河守慶綱、岩井備中守信能、志駄修理亮《しゅりのすけ》義秀（修理大夫と一緒に、後で改めて触れます）、小国兵庫頭《ひょうごのかみ》頼久（兵庫頭についいては後で改めて触れます）、加地安芸守春綱。

旗本で布衣以上になった者は「＊＊守」などの官位の名乗りが許されますが、それは、上位の大名と重複しないことが必須条件でした。

もし、重複した場合には、身分が下の者が直ちに改称することが不文律でした。

たとえば、幕末の大目付で若年寄になった永井尚志《なおゆき》（三島由紀夫の高祖父）は玄蕃頭《げんばのかみ》↓主水正《もんどのかみ》↓玄蕃頭と変遷しています。

なぜ玄蕃頭から主水正になったかというと永井尚志は旗本ですが、意次の曾孫《ひまご》で、大名の田沼意尊《おきたか》が若年寄になり、田沼玄蕃頭意尊となったからです。

玄蕃頭の重複は不可なので永井尚志は主水正になり、田沼意尊の若年寄辞職に伴って、玄蕃頭に復帰した、という構図です。

官位を理解しよう

では、ここで官位について、詳述しましょう。

これは奈良時代に決められた、律令制度の官位に基づいています。


その一、中務省。

これは古くは天皇の補佐官が務める省ですが、そこでの役職が、大名に官位として与えられました。

中務大輔《なかつかさたゆう》、中務少輔《しょうゆう》です。

中務大輔の代表格には島津豊久が、中務少輔の代表格には脇坂安治がいます。

その二、式部省。

これは古くは朝廷の人事考課などを司る省ですが、そこでの役職が大名に、官位として与えられました。

式部大輔、式部少輔です。

式部大輔の代表格には榊原康政が、式部少輔の代表格には加藤明成がいます。

その三、治部省。

これは古くは戸籍関係の管理、外国からの使節の接待などを司る省ですが、そこでの役職が、大名に官位として与えられました。

治部大輔、治部少輔です。

治部大輔の代表格には今川義元が、治部少輔の代表格には石田三成がいます。

その四、民部省。

これは古くは、財政、租税などを司る省ですが、そこでの役職が、大名に、官位として与えられました。
民部大輔、民部少輔です。
民部大輔の代表格には大村純忠が、民部少輔の代表格には吉川《きっかわ》広家がいます。

その五、兵部省。

これは古くは、武器管理など、軍事防衛関連事項の一切を司る省ですが、そこでの役職が、大名に官位として与えられました。
兵部大輔、兵部少輔です。
兵部大輔の代表格には田中吉政が、兵部少輔の代表格には伊達宗勝がいます。

その六、刑部《ぎょうぶ》省。

これは古くは、司法を管轄し、刑罰執行を司る省ですが、そこでの役職が、大名に官位として与えられました。
刑部大輔、刑部少輔です。
刑部大輔の代表格には斎藤龍興が、刑部少輔の代表格には大谷吉継がいます。

その七、大蔵省。

これは古くは、財政出納に関わる事務を司る省ですが、そこでの役職が大名に官位として与えられました。
大蔵大輔、大蔵少輔です。
大蔵大輔の代表格には長束《なつか》正家が、大蔵少輔の代表格には青山幸成がいます。

その八、宮内省。

これは古くは、宮廷の修繕や食事、医療などの庶務一切を司る省ですが、そこでの役職が、大名に官位として与えられました。

宮内大輔、宮内少輔です。
宮内大輔の代表格には酒井忠勝が、宮内少輔の代表格には長宗我部元親《ちょうそがべもとちか》がいます。

その九、左右の京職。

これは古くは、京の司法行政を司る省ですが、そこでの役職が、大名に官位として与えられました。
左京大夫、右京大夫です。
左京大夫の代表格には伊達政宗が、右京大夫の代表格には佐竹義宣がいます。
大夫の下の官位が亮《すけ》で、左京亮の代表格には鳥居忠政が、右京亮の代表格には綱吉の最初の側用人の松平輝貞がいます。

その十、大膳職。

これは古くは朝廷の饗膳を司る省ですが、そこでの役職が、大名に官位として与えられました。

大膳大夫です。

大膳大夫の代表格には、小笠原長時がいます。

大夫の下の官位が亮《すけ》で、大膳亮の代表格には相馬利胤《そうまとしたね》がいます。


その十一、大学寮。


これは古くは、貴族の子弟教育を司りましたが、そこでの役職が大名に官位として与えられました。

大学頭です。

大学頭の代表格には林鳳岡がいます。


その十二、木工寮。

これは古くは御所の造営、材木採集、職工手配を司りましたが、そこでの役職が大名に官位として与えられました。
木工頭です。
木工頭の代表格には石田三成の兄の石田正澄がいます。

その十三、雅楽寮。

これは朝廷の音楽を司りましたが、そこでの役職が大名に官位として与えられました。
雅楽頭《うたのかみ》です。
雅楽頭の代表格には「下馬将軍」として名高い酒井忠清がいます。
その下の官位が雅楽助で、代表格には絵師の狩野元信の弟の狩野之信《ゆきのぶ》がいます。

その十四、玄蕃寮。

これは僧尼の名籍の管理とか、宮中での仏事法会の監督を司りましたが、そこでの役職が大名に官位として与えられました。

玄蕃頭です。
玄蕃頭の代表格には、前に述べた、永井尚志や田沼意尊がいます。
その下の官位が玄蕃助で、代表格には朝倉景連がいます。

その十五、主計寮。

これは租税の監査を司りましたが、そこでの役職が大名に官位として与えられました。
主計頭《かずえのかみ》です。
主計頭の代表格には加藤清正や、江戸北町奉行として鼠小僧を捕えたことで有名な榊原忠之がいます。

その十六、主税寮。

これは地方財政の監査を司りましたが、そこでの役職が大名に官位として与えられました。

主税頭《ちからのかみ》です。
主税頭の代表格には第八代将軍位に就く前の吉宗がいます。
その下の官位が主税助で、代表格には幕末の浪士隊結成で活躍した松平忠敏（松平忠輝の末裔）がいます。

その十七、図書寮。

これは国家蔵書の管理を司りましたが、そこでの役職が大名に官位として与えられました。図書頭《ずしょのかみ》です。
図書頭の代表格には、フェートン号事件で自害した、長崎奉行の松平康英がいます。
その下の官位が図書助で、代表格には黒田如水の弟の黒田直之がいます。

その十八、左右の馬寮。

これは朝廷保有の馬の飼育調教を司りましたが、そこでの役職が大名に官位として与えられました。

左馬頭《さまのかみ》、右馬頭です。

左馬頭の代表格には源義朝がいます。

右馬頭の代表格には、島津以久《もちひさ》がいます。

その下の官位が左馬助、右馬助で、左馬助の代表格には、明智光秀の女婿《じょせい》の明智秀満が、右馬助の代表格には、室町時代の武将の野田持忠がいます。

その十九、兵庫寮。

これは、朝廷保有の兵器の管理修理を司りましたが、そこでの役職が大名に官位として与えられました。

兵庫頭です。

兵庫頭の代表格には島原の乱で失政を問われた寺沢堅高がいます。

その下の官位が兵庫助で、兵庫助の代表格には、宮本武蔵のライバルと目された柳生利厳《やぎゅうとしよし》がいます。

その二十、内蔵寮。

これは皇室の財宝管理を司りましたが、そこでの役職が大名に官位として与えられました。

内蔵頭《くらのかみ》です。

内蔵頭の代表格には、徳川吉宗の二番目の兄の徳川頼職《よりもと》がいます。

その下の官位が内蔵助で、これは『忠臣蔵』討ち入りの指揮を執った大石良雄が、あまりに有名。

その二十一、縫殿寮。

これは宮中用衣服製造の監督と後宮女官の人事を司りましたが、そこでの役職が大名に官位として与えられました。

縫殿頭《ぬいのかみ》です。

縫殿頭の代表格には大坂常番を務めた松平乗成《のりしげ》がいます。

その下の官位が縫殿助で、縫殿助の代表格には、徳川幕府御用達の呉服商であった後藤家の当主が代々、この名乗りを許されています。

その二十二、大炊寮。

これは宮中で行われる仏事、神事の供物、宴会での宴席の準備、管理を司りましたが、そこでの役職が大名に官位として与えられました。

大炊頭《おおいのかみ》です。

大炊頭の代表格には、徳川時代の初期に老中、大老として絶大な権力を振るった土井利勝がいます。

その下の官位が大炊助で、大炊助の代表格には武田信玄や勝頼の重臣であった跡部勝資《あとべかつすけ》がいます。

その二十三、主殿寮。

これは、御所における消耗品の管理・供給を司りましたが、そこでの役職が大名に官位として与えられました。

主殿頭《とのものかみ》です。

主殿頭の代表格には前にも述べた、田沼意次がいます。

その下の官位が主殿助ですが、あまり有名人は、いません。

小西行長の弟など、小西主殿助までが分かっていて、その下の諱《いみな》が不明です。

その二十四、内膳司。

これは天皇の日常における食事の調理と配膳および食料調達を司りましたが、そこでの役職が、大名に官位として与えられました。

内膳正《ないぜんのかみ》です。

内膳正の代表格には、島原の乱で最初の上使に任じられた板倉重昌がいます。

その下の官位が典膳で、典膳といえば徳川将軍家剣術指南役の小野忠明の旧名の神子上《みこがみ》典膳が有名です。


その二十五、造酒司。


これは、酒や甘酒、酢などの醸造を司りましたが、そこでの役職が、大名に官位として与えられました。

造酒正《みきのかみ》です。

造酒正の官位が与えられた有名な大名は、いません。

その下の官位が造酒佑《みきのすけ》で、これには、伊達家の家臣の古内重直がいますが、やはり有名ではありません。


その二十六、采女司。

これは、天皇や皇后に近侍し、食事など、身の回りの雑事を専門に行う女官の監督を司りましたが、そこでの役職が、大名に官位として与えられました。

采女正《うねめのかみ》です。

采女正の官位が与えられた有名な大名は、切支丹弾圧の拷問の数々を編み出したことで名高い長崎奉行の竹中重義がいます。

その下の官位が采女佑《うねめのすけ》で、これには佐竹義宣《よしのぶ》に仕えた安島清正がいます。

安島家は子々孫々、秋田の佐竹家に仕えました。

その二十七、織部司。

これは朝廷用の錦・綾・紬《つむぎ》・羅《うすきぬもの》などの織染を司りましたが、そこでの役職が、大名や旗本に、官位として与えられました。

織部正《おりべのかみ》です。

織部正の官位が与えられた有名な大名には茶人として名高い古田重然が、旗本には幕末に外国奉行として横浜港の開港に尽力した堀利熙がいます。

その下の官位が織部佑《おりべのすけ》で、これには上杉謙信に仕えて魚津城の合戦で活躍した吉江景資がいます。

その二十八、隼人司。

これは、朝貢・移住する隼人の管理を司りましたが、そこでの役職が、大名に官位として与えられました。

隼人正《はやとのかみ》です。

隼人正の官位が与えられた有名な大名には、尾張徳川家の付家老の成瀬正成がいます。

その下の官位が隼人佑《はやとのすけ》で、これには、武田信玄と勝頼に仕えて武田二十四将に数えられる原昌胤《まさたね》がいます。

その二十九、主水司。

これは、水や氷の調達と粥の調理を司りましたが、そこでの役職が、大名や旗本に官位として与えられました。

主水正《もんどのかみ》です。

主水正の官位が与えられた有名な大名には大坂の陣で活躍した高木正次が、旗本には既に述べた永井尚志がいます。

これを「もんどのしょう」と読むのは間違い。

その下の官位が主水佑《もんどのすけ》で、これには、今川義元に仕えた孕石元泰《はらみいしもとやす》がいます。

また、佐々木味津三『旗本退屈男』の主人公は早乙女主水之介《さおとめもんどのすけ》ですが、これは主水佑が正しく、作者の佐々木が、江戸時代以前の人物の命名法に関する時代考証に無知であったが故の間違いです。

その三十、弾正台。

これは、監察・治安維持などを主要業務として司りましたが、そこでの役職が大名に官位として与えられました。

弾正大弼《だんじょうだいひつ》、弾正小弼《しょうひつ》、弾正忠《だんじょうのじょう》です。

弾正大弼の官位が与えられた有名な大名には『忠臣蔵』でお馴染みの上杉綱憲が、弾正少弼には上杉景勝がいます。

弾正忠には、織田信長の父親の信秀がいます。

その三十一、左右の衛門府。

これは、皇居の警備を司りましたが、そこでの役職が、大名や旗本に官位として与えられました。

左衛門督《さえもんのかみ》、右衛門督、左衛門佐《さえもんのすけ》、右衛門佐、左衛門尉《さえもんのじょう》、右衛門尉です。

左衛門督の官位が与えられた有名な大名には朝倉義景が、左衛門佐には真田信繁（幸村）がいます。

左衛門尉には源頼朝の長兄の義平がいます。

その三十二、左右の兵衛府。

これは天皇及び家族の近侍・護衛を司りましたが、そこでの役職が、大名や旗本に官位として与えられました。

左兵衛督、右兵衛督、左兵衛佐、右兵衛佐、左兵衛尉、右兵衛尉です。

左兵衛督の官位が与えられた有名な大名には松平斉韶《なりつぐ》（徳川家斉の息子に家督を譲らされた悲劇の大名）が、右兵衛佐には若年時代の源頼朝がいます。

左兵衛尉には武田勝頼を最後の最後で裏切った小山田信茂がいます。

官位が与えられない人間の通称

さて、ここから肝心なテーマに入ります。

「朝廷・幕府・主君などから官位を授与されなかった人間は、どうやって自分の（あるいは息子の）通称を考えたのか？」ということです。

ここが分かっていないと、時代劇を読んでいても奥が深いことが分かりませんし、自分自身が一念発起して時代劇を書こうとしても登場人物の名前を考えられずに往生します。

自称の通称には、次のようなパターンがあります。

⑦官位の一部だけを切り取って、通称とする。

例えば、国名を通称に使う場合。

国主が「＊＊守」で次官が「＊＊介」で三等官が「＊＊掾《じょう》」ですが、この官位を抜いて国名だけにすれば通称になります。

その代表格は、もちろん、宮本武蔵です。

武蔵がどこからか（幕府か大名）官位を貰っていれば「武蔵守」「武蔵介」「武蔵掾《じょう》」のどれかになっているはず。

著書の『五輪書』では「武蔵守」と名乗っていますが、これは現代ならば学歴詐称にも匹敵する詐称です。

吉川英治版『宮本武蔵』では幼名を「たけぞう」と言わせていますが、国名を通称にしている以上は最初から「むさし」の読みで、「たけぞう」は時代考証間違い。

吉川英治『宮本武蔵』には長岡佐渡という人物が出てきますが、この人は実在で、主君の細川家から「佐渡守」の官位を与えられて長岡佐渡守興長となっているので、武蔵のような「詐称」ではありません。

佐渡守になる前の官位が式部少輔です。

それから、新選組局長の近藤勇が死の直前に大久保大和と名乗っていますが、これも「大和守」「大和介」「大和掾」のいずれにも任じられていないので、宮本武蔵の場合と同じく、単なる自称です。

フィクションの人物では岡本綺堂『番町皿屋敷』で、女中のお菊を殺害する旗本の青山播磨の「播磨」が国名です。

国名を名乗った剣豪となると「名人越後」と呼ばれた富田重政が有名ですが、重政は一万石以上の俸禄を与えられた、大名クラスの人物で「越後守」は正式官位です。

武蔵のような詐称ではありません。

幕末に活躍した長州の真木和泉や勝安房《あわ》（海舟）も、主君や幕府から正式に和泉守や安房守として官位を与えられていたので、自称ではありません。

こうやって見ると国名を通称とした人物は意外に少ないことが分かります。

②国名以外の官位の一部だけを切り取って、通称とする。

こっちは多いです。

フィクションだと『必殺仕置人』シリーズの主人公の中村主水は御目見《おめみえ》以下の同心なので、主水司長官の主水正でも主水佑でもなく、「ただの主水」です。

実在人物では、謎の剣豪の松山主水がいます。

また、『忠臣蔵』で取り潰された浅野内匠頭《たくみのかみ》長矩の弟の浅野長広は「大学」の通称で知られていますが、大学寮長官の大学頭にも次官の大学助にも三等官の大学允《だいがくのじょう》にも任じられた記録がないので、自称ですね。

『忠臣蔵』繋がりだと、大石良雄の息子で、一緒に討ち入った良金が「主税《ちから》」の通称で知られていますが、主税寮長官の主税頭にも次官の主税助にも三等官の主税允にも任じられた記録があるはずもないので、自称ですね。

幕末の剣豪で『天保水滸伝』の人気登場人物の平手造酒も浪人なので、造酒司長官の造酒正《みきのかみ》にも次官の造酒佑《みきのすけ》にも任じられるはずもなく、自称です。

池波正太郎『雲霧仁左衛門』で雲霧一味を追う火付盗賊改長官の安部式部信旨《のぶむね》は、これは実在の人物です。

一千石の中堅旗本ですが、式部省長官の式部大輔《たゆう》にも次官の式部少輔《しょうゆう》にも三等官の式部丞《しきぶのじょう》にも任じられた記録がないので、自称ですね。

フィクションだと、中村敦夫主演で人気を博した『おしどり右京捕物車』の主人公で北町奉行所与力の神谷右京が、右京職長官の右京大夫でも次官の右京亮《うきょうのすけ》でも三等官の右京進《うきょうのじょう》でもないので、通称。

右京の次に諱が来なければいけないんですが、設定されていません。

③国名以外の官位の一部だけを切り取った上に、何文字かを加えて通称とする。

これが通称としては最も多く、時代劇を書く場合の登場人物のネーミングとしても最も自然で無理がないです。

左右の衛門府の長官が衛門督、次官が衛門佐、三等官が衛門尉ですが、この督・佐・尉を削除して、頭に一文字ないし二文字を付け加えて通称とします。

荒木又右衛門、大久保彦左衛門、江川太郎左衛門、伊能三郎右衛門（伊能忠敬）、田中儀右衛門（絡繰《からく》り儀右衛門こと、田中久重）、山田浅右衛門、小野次郎右衛門、池田三左衛門（池田輝政）、陶工の酒井田柿右衛門、紀伊国屋文左衛門、玉川上水を作った玉川庄右衛門・清右衛門の兄弟、石川五右衛門など、枚挙に暇《いとま》がありません。

左右の兵衛府の長官が兵衛督、次官が兵衛佐、三等官が兵衛尉ですが、この督・佐・尉を削除して、頭に一文字ないし二文字を付け加えて通称とします。

このパターンも極めて多いです。

柳生十兵衛、竹中半兵衛、黒田官兵衛、中川瀬兵衛（清秀）、明智十兵衛（光秀）など、剣豪や大名がいますが、どちらかというと、商人に多い名前です。

江戸時代の浮世絵の版元にも多く、次のような人物がいます。

和泉屋市兵衛、三河屋利兵衛、山口屋藤兵衛、伊場屋久兵衛、伊勢屋利兵衛。

また有名商人には越後屋を開いた三井八郎兵衛（三井高利）、銭屋五兵衛、高田屋嘉兵衛、河村七兵衛（河村瑞賢）、他には、新田開発技術が認められて百姓から大身旗本（郡代）まで出世した井澤弥惣兵衛などがいます。

兵馬司の長官が正、次官が佑ですが、この正や佑を削除して頭の兵も削除、つまり馬の一文字だけを活かして通称とするパターンも多いです。

坂本龍馬を筆頭に、「鍵屋の辻の決闘」の主役の渡辺数馬、『八重の桜』の主人公の新島八重の兄の山本覚馬、会津松平家の家老の梶原平馬、日本最初のカメラマンの上野彦馬、式亭三馬などが有名なところ。

また内蔵寮、大蔵省という「ぞう」と音読みする文字が入った古代律令制の役所が存在します。

これに一文字を加えて通称にした人物も多いです。

長谷川平蔵、岡田以蔵、鳥居耀蔵、間宮林蔵、近藤重蔵、桃井春蔵など。

造兵司、造酒司の「造」に一文字を加えて通称にした人物もいます。

この有名人には、幕末に老中首座を務めた阿部正弘がいて、任官前の通称が剛造です。

また、江戸時代末期には「読み方が同じならば、違う漢字を用いても差し支えない」と考える人々も相当数が出てきて、そういう人々は、画数の多い「蔵」を嫌って「三」を用いました。

筆頭は土方歳三で、他に相楽総三、長州の山尾庸三など。

④官位の部分だけを残した上に、何文字かを加えて通称とする。
官位の部分とは、さすがに長官の官位は使えないので、次官（佑・亮・佐・輔・助など「すけ」と読むもの）の一文字や三等官（允・尉・記・進・丞・忠など「じょう」と読むもの）の一文字だけを残し、頭に何文字かを加えて通称とする。

これは、やたら多いので、「ああ、そうか！」と思う人も多いはずです。

記や進は学がないと「じょう」とは読めないので、そのまま「き」や「しん」と読ませている例のほうが多いですが。

⑤中国の官位と命名習慣から文字を借用する。

とにかく、通称には「律令制の官位から借用した文字を入れる」という「縛り」があるわけです。

そうなると日本だけでは足りません。

中国の官位制度と命名習慣からも、持ってきました。

中国には侍郎、中郎など「郎」の付く官位が沢山あります。

そもそも中国では輩行と言って、男子の序列を表すために「数字＋郎」という命名法を用いました。

日本の律令制の官位自体が中国の唐時代の官位の模倣ですから、「中国に倣《なら》え」です。

これも、やたら多いので、「ああ、そうか！」と思う人も多いはずです。

本多平八郎、木下藤吉郎、浅井新九郎（長政）、天草四郎、荒木十二郎（村重）、宇喜多

八郎（直家）、木村助九郎、立花孫次郎（道雪）などなど。

しかし、中国の官位名は通称よりも、実は死後の戒名に多く使われました。

それを列挙していきます。

尾張徳川家の付家老であった竹腰家の六代目の勝起と八代目の正定が、次のような戒名です。

映徳院殿朝散大夫諦誉豊堂聴音大居士（勝起）

正定院殿朝散大夫聚徳晴山日円大居士（正定）

この「朝散大夫」が中国では「従五品下」に分類される官位で、つまり、日本では従五位下だった、という意味です。

また美作勝山の三浦家の十代目の誠次《のぶつぐ》が、次のような戒名です。

常楽院殿前志州刺吏実誉至真誠山大居士で「刺吏」は「州の長官」の意味ですから、この「志州刺吏」を日本語に直すと、「志摩守」になります。

「前」は「さきの」と読み、亡くなった時点での最後の役職を意味します。

このパターンは非常に多い。

沼津水野家二代目の水野忠成が、次のような戒名です。

巍徳院従四位侍従前羽州太守光譽成榮融鑑大居士。

「太守」は「郡の長官」の意味で、「羽州太守」を日本語に直すと「出羽守」になります。

紀伊徳川家の付家老の水野家九代目の忠央が、次のような戒名です。

鶴峯院殿前土州太守篤勤日精大居士で「土佐守」が生前の官位だったと分かります。

また、柳生宗矩に始まる柳生家は、ほとんどが戒名に中国の官位名を入れています。

初代の宗矩……西江院殿前但州太守大通宗活大居士（但馬守）

三代の宗冬……常林院殿前飛州太守決岩勝公居士（飛騨守）

四代の宗在……寂光院殿前対州刺史霊峰宗剣居士（対馬守）

五代の俊方……翠峰院殿前備州刺史機運紹鑑大居士（備前守）

六代の俊平……得真院殿前飛州刺史心源妙証居士（飛騨守）

七代の俊峰……大心院殿前備州刺吏随転紹幽居士（備前守）
八代の俊則……寛弘院殿前但州刺吏仁叟義勇居士（但馬守）
九代の俊豊《としもり》……要信院殿前但州刺吏大有宗根大居士（但馬守）
十代の俊章……大機院殿前備州刺吏智峰紹転大居士（備前守）
十一代の俊能《としよし》……大源院殿前飛州刺吏天真紹性居士（飛騨守）
十二代の俊順《としむね》……陽徳院殿前但州刺吏剛厳宗健大居士（但馬守）

前述の二つ、刺吏と朝散大夫を組み合わせて戒名に入れているのが、織田有楽斎《うらくさい》を祖とする大和芝村の織田家です。

初代の長政……長嶺院殿前左金吾監芳岩卜斎大居士（「金吾」が「衛門」の、中国における官位名です。長政は左衛門佐）
四代の長清《ながずみ》……普放院殿前丹州刺吏朝散大夫雄巌堅将大居士（丹後守）
六代の長亮《ながあき》……天高院殿前肥州刺吏秀巌赫運大居士（肥前守）

八代の長教《ながのり》……岱樹院殿前豊州刺吏朝散大夫俊巌栄翁大居士（豊前守）
九代の長守《ながのき》……弘顕院殿前朝散大夫左衛門少尹文巌英章大居士（左衛門佐。「少尹」は中国では、従四品下の官位です）

中国の官位を戒名に入れていて、ちょっと変わっているのは、筑後久留米の有馬家です。
初代の豊氏……春林院殿前拾遺補闕如夢道長大居士（「拾遺」は「侍従」の中国名で、豊氏は侍従の官位を与えられていました）
七代の頼徸《よりゆき》……大慈院殿中書大卿羽林山大通大居士（「中書」も「大卿」も「羽林」も中国の官位名です。「中書」は皇帝の詔勅の立案・起草を司りました。「羽林」は皇帝直属部隊の、いわゆる「旗本」です）
八代の頼貴……大乗院殿前羽中書大卿寂源道光大居士
また、大和小泉の片桐家の第九代の貞中もちょっと変わった戒名です。

清流軒前典制郎焙叔宗昂居士で、「典」も「制」も「郎」も中国の官位にある文字ですが、まとまって「典制郎」という官位は存在しません。誤記でしょう。

讃岐多度津の京極家の戒名は、これまでに述べてきたのと同じパターンです。
初代の高通……円通院殿前壱州刺吏寂道静大居士（壱岐守）
二代の高慶《たかよし》……泰嶽院殿前羽州大守安禅道寧大居士（出羽守）
四代の高賢《たかかた》……玄淵院殿前壱州刺吏鶴道寿大居士（壱岐守）
五代の高琢《たかてる》……雲関院殿前壱州刺吏翁道信大居士（壱岐守）
播磨小野の一柳家の戒名も、二人を除き、これまでに述べてきたのと同じパターンです。ここで注意しなければならないのは、柳生家が「太守」なのに対して一柳家や京極家は「大守」となっていることです。
日本の官位で「長官」を意味する「たゆう」には「大夫」と「大輔」の二つの表記があっ

て、「太」ではなく「大」です（「太夫」は吉原や島原の遊女の最高位など）。

ところが中国で「郡の長官」は「太守」と「太」の文字が入ります（中国でも大夫は「大」であって「太」ではないので、ややこしい）。

こんがらがるので、日本では国主を中国流の「太守」ではなく「大夫」や「大輔」に倣《なら》って「大守」と表記するようになり、その混乱が、戒名の命名法にも見受けられます。

一柳家初代の直家……自性院殿前作州大守俊林宗逸大居士（美作守）
三代の末礼《すえひろ》……円照院殿前土州大守善翁鉄心大居士（土佐守）
四代の末昆《すえひで》……同乗院殿前土州大守心翁翁道大居士（土佐守）
五代の末栄《すえなが》……常証院殿前左馮翊真叟義淳大居士（左馮翊は中国において長安付近を管轄する役職でした）
六代の末英《すえふさ》……要津院殿前左馮翊幽峰宗玄大居士
七代の末昭《すえあきら》……嶺松院殿前土州大守雲厳宗岫大居士（土佐守）

信濃飯田の堀家の戒名も、これまでに述べてきたのと同じパターンです。

三代の親貞《ちかさだ》……降松院殿前防州直叟紹立居士（周防守。「直叟」は官位ではなく「翁」と似たような意味です）

四代の親常《ちかつね》……芳林院殿前作州大守姓室道覚居士（美作守）

六代の親庸《ちかのぶ》……寛祖院殿前若州大守竜真義定居士（若狭守）

七代の親蔵《ちかただ》……禅林院殿前和州大守大道休也大居士（大和守）

八代の親長《ちかなが》……泰林院殿前和州大守建導義勇居士（大和守）

九代の親忠《ちかただ》……孝悌院殿前河州大守仁愛教忠居士（河内守）

十代の親民《ちかたみ》……荊岳院殿前和州大守玉真常光大居士（大和守）

信濃須坂の堀家の戒名も、これまでに述べてきたのと、ほぼ同じパターンですが、九代、十二代、十三代の三人が異なります。

飯田の堀家とは遠縁になります。
三代の直輝《なおてる》……竜淵院殿前肥州大守大泉道悟大居士（肥前守）
四代の直佑《なおすけ》……秋光院殿前長州大守智海船楽大居士（長門守）
五代の直英《なおひで》……泰心院殿前淡州大守恵山了覚日応大居士（淡路守）
六代の直寛《なおひろ》……泰了院殿前長州大守正隆直覚日運大居士（長門守）
七代の直堅《なおかた》……天佑院殿前淡州大守活厳紹機大居士（淡路守）
八代の直郷《なおさと》……観智院殿前長州大守春山恵覚日了大居士（長門守）
九代の直皓《なおてる》……竜潜院殿前少府令徳翁義明大居士（「少府令」は中国の官位で日本の「内蔵頭《くらのかみ》」に相当します）
十代の直興《なおおき》……寛裕院殿前淡州大守実相貞円大居士（淡路守）
十二代の直武……寛心院殿前秋書監令鵞山義道日覚大居士（「秋書監令」は中国の官位で日本の「図書頭《ずしょのかみ》」に相当します）
十三代の直虎……広顕院殿前少府令祐道靖忠大居士

越後新発田の溝口家の戒名も、これまでに述べてきたのと、ほぼ同じパターンです。

初代の秀勝……寶光寺殿前伯州大守性翁浄見大居士（伯耆守）
二代の宣勝……松嶽寺殿前伯州大守傑岑善英大居士（伯耆守）
三代の宣直……寒光院殿前雲州大守禅林未歇大居士（出雲守）
四代の重雄……悠山院殿前信州大守勝林宗慧大居士（信濃守）
五代の重元……陽元院殿前伯州大守智應道海大居士（伯耆守）
六代の直治……大機院殿前信州大守天真全用大居士（信濃守）
七代の直温《なおあつ》……浄名院殿前雲州大守譚玄性空大居士（出雲守）
八代の直養《なおやす》……霊光院殿前典膳郎寂室永照大居士（「典膳郎」は中国の官位で日本の「主膳正《しゅぜんのかみ》」に相当します）
九代の直侯《なおよし》……修徳院殿前雲州大守温山良恭大居士（出雲守）

美作津山の森家の戒名に、これまでに述べてきたのと同じパターンの人物が、一人だけいます。

初代の忠政です。

本源院殿前作州国主羽林中郎将先翁宗進大居士

森忠政は美作守ですが、「羽林中郎将」も中国での官位で、皇帝直属部隊の指揮官を意味しました。

⑥平将門がデッチ上げた官位から借用する。

京の朝廷に対抗して「新皇」を自称し、東国の独立を画策した将門は朝廷の与える官位にも対抗するために「相馬百官」という官位をデッチ上げた（と伝わります）。

これは大量にあります。

順次、挙げていきますが、将門もアイディアに詰まったと見えて、正式の朝廷の官位に酷似したものも多々あります。

中……「あたる」と読みます。

初代の火付盗賊改長官の服部中保正が代表で、服部半蔵正就《まさなり》が不祥事で伊賀組の棟梁を解任され、伊賀組が四分割された時の一隊を火付盗賊改として率いました。

服部家は代々、幕末まで「中」を通称としました。


伊織……宮本武蔵の養子の伊織が有名で、宮本武蔵を主人公にして時代劇を書いた某プロ作家が、「伊織」の名前を考えるのに知恵を絞ったような馬鹿げた時代考証の間違いを平気で書いていました。

将門以来の、ありふれた名前です。

他に伊予宇和島伊達家の五代目の村候《むらとき》の任官前の名前でもあり、姫路榊原家の分家の榊原勝直の通称とか、大勢います。


一学……『忠臣蔵』で吉良方の剣客として活躍した清水一学が代表格。

他に、水戸宍戸松平家初代の頼雄と六代目の頼敬《よりゆき》、武蔵川越秋元家七代目の凉朝《すけとも》の任官前の通称。

他にも何人か、大名にいます。

斎……これは、あまりに大勢いるので省略。

転《うたた》……幕末に起きた戦国騒動でキーパーソンとなった人物が、神谷転。

十内……『忠臣蔵』の四十七士の一人に小野寺十内がいます。

靭負《ゆきえ》……これは非常に多いです。

幕末の四賢人の松平春嶽を支えた中根靭負、伊予今治の久松松平家二代目の定時、会津松平家八代目の容敬《かたたか》、越中富山前田家六代目の利與《としとも》、豊後佐伯毛利家五代目の高久、播磨赤穂森家十代目の政房、水戸宍戸松平家二代目の頼道の任官前の通称。

頼母《たのも》……出雲母里の松平家三代目の直員《なおかず》、越中富山前田家九代目の利幹《としもと》、土佐高知新田山内家初代の豊産《とよただ》の直員の任官前の通称。

求馬《もとめ》……八代将軍の吉宗と争ったことで有名な尾張の徳川宗春や、出雲母里松平家三代目の直員の任官前の通称。

右内・左内……幕末の志士で、井伊直弼によって処刑された橋本左内など。

右門・左門……佐々木味津三『右門捕物帖』の主人公が、近藤右門。播磨赤穂森家九代目の長生《ながなり》と、播磨明石松平家二代目の直明《なおあきら》の任官前の通称が左門。他に常陸土浦土屋家の当主が代々、任官前に「左門」を名乗りました。

右膳・左膳……架空の人物の丹下左膳があまりに有名。

他に伊予今治の久松松平家五代目の嫡子だった定温《さだよし》、武蔵忍の奥平松平家三代目の忠雅、播磨赤穂森家八代目の長孝の任官前の通称が左膳。


将門も苦心したと見えて、中国を含む律令制の官位から一文字だけ借用したものが多いです。

左・右・内・外・大・中・小・下・馬・部・宮・主・記・殿・門・助・典・書・釆・正・源・平・藤・吏・武・令・男・女・母・人・志・衛・守・官などの文字。

逆に言えば、フィクションの時代劇を書こうとする場合には、通称として、あるいは故人の戒名として、これらの文字を入れ込まなければならないわけです。

そうすれば「時代劇らしさ」を出すことができ、逆に、入れないと「らしくない」雰囲気を作ってしまうわけです。

NG言葉を言い換える

ここからは、正確に時代考証すれば間違いですが、そこまで徹底すると物語の雰囲気が読者に伝わらない危険性もある言葉を取り上げていきます。

大変

これは、現代と違って基本的に良くない場合に使いました。

つまり「大変、結構です」などの言い方はNGで、「おおいに」「すこぶる」などでないと、いけないでしょう。

すごい

「すごい」「すごく」も現代では良い場合にも使いますが、江戸時代だと、「ぞっとする」「気味が悪い」という意味でした。

つまり「すごく綺麗な人」などという表現は、NGなわけです。

配下

合戦シーンや、捕物シーンで、指揮官が家来や部下を連れて出陣、出動する場合の「配下」という言葉。

「配下」は、将になっていない低位（騎乗が許されない身分）の指揮官の部下を意味しました。

騎乗した武将や、町奉行所の与力（騎乗身分）の場合には、付き従う部下を「麾下《きか》」と呼びます。

「麾」は音読みすると「旗」と同音で、それを見た部下の兵卒が「旗の指示に靡くように従い動く」ことから「将が持つ采配者の旗」の意味でした。

近代戦だと、指揮官が佐官までは「配下」で、将官以上の場合に「麾下」を用います。「将軍・提督が持つ指揮官の旗下」という、より狭義の意味に定義づけているわけです。

将軍様　上様

地の文ならばOKだが、台詞の場合にはNGの言葉に、まず「幕府」があります。

幕府は、時代考証に正確を期すなら、台詞では絶対に使わず「御公儀」でなければいけません。

「将軍様」も、台詞では使いません。

台詞で言うのなら「公方様」か「大樹様」です。

「上様」は将軍以外の大名の家臣が主君に対しても言いますから、NG。

『暴れん坊将軍』で、吉宗に悪事を暴かれた旗本などは、「上様」ではなくて「公方様」と言って恐れ入らなければいけません。

町奉行所

「町奉行所」も台詞では使いません。

江戸時代の江戸には南北町奉行所、大阪（江戸時代の表記は、大坂）には東西町奉行所、他に駿河町奉行所があって、これらは全て、会話では「御番所」と言いました。

ところが京都には、東西の町奉行所がありましたが、京都町奉行所だけは、「御番所」とは言わず、「御役所」と言いました。

『ウィキペディア』も、その他のネット検索でも「京都では町奉行所は御役所と言った」としか出てきませんが、これには理由があります。

実は御所の中に左大臣、右大臣が宿直《とのい》する場所があり、ここを「御番所」と呼びました。

既に、平安時代からの伝統ある「御番所」があったので、後発の町奉行所は遠慮して「御役所」と呼ばせるようにしたわけです。

ところで「御」を抜いて、単なる「番所」となると意味が違ってきます。

江戸時代ですと、交通の要所に番所が設置され、通行人や荷物、船舶などを検査して、不審人物や物資の摘発を行いました。

また、江戸城の城門に設置された御門番所、武家地の警備のために辻々に諸大名が置いた辻番所や、両国橋の袂に置いた橋番所、永代橋の袂に置いた船手番所などがありました。

その他、利根川、中川、淀川など大きな川の河口付近に設けた船改番所があり、戦略上の重要拠点である浦賀や長崎、下田にも遠見番所が設置され、不審船の接近の有無を高所から監視していました。

京都ですと、島原や五番町の女郎屋街の入口も番所がありましたが、これは遊女の逃亡を防止するための「私設番所」で公的な番所とは異なります。

そういう「私設番所」ならば江戸の吉原にもあって、「四郎兵衛会所」という名前で遊女の逃散に目を光らせていました。

ところで京都町奉行所というと、『鬼平犯科帳』の主人公、長谷川平蔵宣以《のぶため》の父の宣雄も火付盗賊改の長官を務め、その後、京都西町奉行となって在任中で京都で死んでいます。

そのため、長谷川宣雄の墓所は京都市上京区の華光寺で、『鬼平犯科帳』でも、長谷川宣以が何度か墓参のために上京し、その都度、何かしら事件に巻き込まれるエピソードが放映されています。

他にも、火付盗賊改の長官から京都町奉行に転じた池田長発という有名な人物がいます。幕末の外国奉行も務め、ヨーロッパにも赴いて、その途中でエジプトのピラミッドの前で記念写真を撮影したりしています。

あと、時代考証的にはＮＧだが、使い方次第で雰囲気が出るのでＯＫかも、という言い回しがあります。

例えば「お呼びでない」など。

この初出は昭和三十年代に植木等が言い出したギャグなので時代劇に使うのは不適当ですが、呼ばれてもいない人物が場違いな場所にしゃしゃり出てくる場面の地の文なら、許容範囲かも知れません。

「脳味噌まで筋肉」も同様です。

これは「お呼びでない」よりも新しく、平成になっての表現なので時代劇の台詞に使うのは不可ですが、筋骨隆々だが「総身に知恵が回りかね」的な登場人物を描写する地の文に使うのであれば「有り」かも、とは思います。

江戸の吉原NG

元吉原と新吉原

吉原に関しては、「世界の三大大火」に数えられ、焼死者が十万人も出たとされる、明暦《めいれき》三年一月（一六五七年三月）の明暦の大火以前（元吉原）と以後（新吉原）を、別個の遊郭だと考えなければなりません。

江戸の町並みの六割が焼失し、江戸城の天守閣も焼け落ちたことで、単に場所を日本橋葺屋町（現在の日本橋人形町）から浅草の田圃《たんぼ》の中の日本堤に移転したのみならず、遊女の構成も客層も大きく異なるからです。

元吉原時代の客層は、専《もっぱ》ら大名や高禄《こうろく》の武士でした。しかも登楼の目的は、新吉原になってから以降の〝疑似恋愛〟よりは、本物の恋愛、つまり、身請けして側室や後室に迎える事例が非常に多かったのです。

その理由ですが、関ヶ原合戦において取り潰されたり減俸に処された大名が非常に多く、石高にして実に四百二十万石弱という凄まじさで、巷に牢人《ろうにん》（浪人と表記するのは江戸時代の中期以降）が溢れたからです。

男は牢人となりましたが、婦女子は相当数が遊女になりました。命名法の箇所で述べた真田信繁（幸村）の娘の阿梅《おうめ》や阿菖蒲《あやめ》のように、伊達家の重臣の片倉家に迎えられて幸福な後半生を送ることができた女性たちもいますが、敗戦という情況ですから、全員が漏れなく救われるような幸運は、有り得ません。

つまり、武家育ちで、知性と教養も最初から身につけており、大名や高禄武士の家庭に入っても全く問題なくやっていける女性が遊女の中には相当な人数いたのです。

ことに江戸においては男女の比率が、極端に男が多く偏っていた（三対二以上）ので、男は配偶者を得にくく、しかも出会いの場も少なかったので、知性と教養に加えて美貌までも兼ね備えた女性を探すとなると、どうしても吉原に登楼するのが最も手っ取り早い手段だったのです。

バツイチが結構いた大名の子女

しかも、女性の処女性が云々《うんぬん》される時代ではありません。やはり命名法の箇所で述べた二代将軍の秀忠の御台所《みだいどころ》（正室）の江与ノ方は、何と×《バツ》2の子持ち状態で秀忠に嫁いでいます。

処女であるか否かなど少しも問題ではなく、それより、武家の奥方としてきちんと家庭を切り盛り采配してくれる資質と知性と教養と美貌の四拍子を備えた女性か否かが、最大の問題でした。

江戸時代の大名の子女の結婚記録を調べると、離婚して再婚という事例は意外に多いのです。将軍の御台所の再婚だけが許されなかったので、離婚↓再婚というパターンはないように思いがちですが、全く違います。

時代考証に疎《うと》い作家が書くと、離婚した女性が落ち込んだりしている様子を描いたりしています。でも、江戸時代の女性は離婚を汚点だとも何とも思っていませんでした。

離婚を「経歴の傷」と考える風潮は、明治時代以降の新政府による「洗脳」の結果です。

なお「洗脳」は朝鮮戦争において、中国共産党軍が考え出した造語なので、時代劇に使うのはＮＧです。

知性と教養あふれる太夫

一説によれば、江戸時代の女性の平均結婚回数は、四回だと言われているほどです。

武家の奥方に相応《ふさわ》しい四拍子を備えた遊女が元吉原では「太夫」(官位の箇所で触れましたが、こちらは「大」ではなく「太」です)にランクされ、(その下が格子女郎で、最低ランクが端《はし》女郎)太夫を身請けするともなると、千両(現代人の感覚だと、二億円ぐらい)を必要としたほどです。

大飢饉などで困った田舎の百姓娘が、身売りをして女衒《ぜげん》に連れてこられ、それに〝付け焼き刃〟の教養を身に着けさせて高級遊女に仕立てた(新吉原になると、そういう遊女の比率が増えていきます)のではありません。

ただ、関ヶ原合戦や大坂の陣の敗北で致し方なく身元を隠して遊女に身を落とした「本物の武家娘」ですから、身請け金の相場がベラボウに高くなるのは理の当然と言えます。

関ヶ原合戦に続いて、豊臣家滅亡の大坂の陣があり、その後も謀反を危惧し、諸大名への締め付けは非常に厳しかったので、明暦の大火以前に様々な理由で取り潰されたり、減俸に処された大名は、総石高に換算すると、実に一千万石以上にも上ります。

ところが、六代将軍の家宣以降になると、幕末の十五代将軍の慶喜の時代まで合算しても、六十万石に達しません。

実に二十分の一ほどですから、改易された大名家の関係者の子女で、遊女に身を落とした女性は、もはや皆無に近かったと考えられます。

そのために、新吉原以降では、吉原の楼主衆は自前で、ド田舎のポッと出の素人娘の中から、〝別格〟の、四拍子が揃った、身請け相場が数百両から一千両に達する高級遊女の育成を迫られるようになりました。

そうしないと、経営が成り立たないからです。

実は、この、遊郭経営を円滑にするための〝自助努力〟によって豪華絢爛《ごうかけんらん》たる吉原文化が花開くことになり、一般的に花魁《おいらん》と呼ばれる、新基準の高級遊女が生まれてくるのです。

現代の人々が吉原に対して持つイメージの大半は、この新吉原時代の様々な活動によって醸成《じょうせい》されたものです。

なぜなら、厳しく幼時から躾けられた武家娘は、ほとんどいませんから、どうしたって、元々の生まれ育ちが良いように「粉飾《ふんしょく》」しなければならないわけです。

例えば楼主衆がスポンサーとなり、腕のある画家を、狩野派などの下積み画家からフルカラーの浮世絵画家に育て、現代のブロマイドのように人気を煽りたい花魁の肖像画を描かせるＰＲ工作もやりました。

フルカラーの浮世絵が出てくるのは明暦の大火以降の新吉原になってからで、元吉原の時代には、全く見られません。

そもそも元吉原の時代には、木版画すら存在しておらず、狩野派のような高級肉筆画だけが世間に流布していました。

性交渉はなかった元吉原

意外に思う人が多いのですが、実は元吉原時代の遊女たちは、基本的に客とは、性交渉を持ちませんでした。

それは、客の圧倒的大多数が大名や高禄の武士だったからです。この階層の人間は夜間の無断外泊が禁じられており、無断外泊したければ、いちいち幕府に届け出て許可を得なければなりませんでした。

その理由ですが、江戸に遊郭が発足した頃は、まだ大坂城で豊臣家が健在であり、豊臣家が大坂の陣で滅亡後も、まだ豊臣恩顧の有力大名がいくつも健在でした。

安芸広島の福島正則約五十万石、肥後熊本の加藤忠広（加藤清正の息子）約五十万石、

出雲松江の堀尾忠晴二十四万石、讃岐高松の生駒高俊約十七万石、会津若松の加藤明成四十万石などです。

これらの諸大名は謀反封じの意図で、二代将軍の秀忠から三代将軍の家光の時代にかけて、難癖をつけて取り潰されるか、一万石程度の小大名に大幅に減封されていきました。

この改易に伴って大量の牢人が巷《ちまた》に溢れ、また婦女は遊女に身を窶《やつ》して、その内の何割かは江戸に流れ込んできました。

その中に、密かに幕府転覆を企む者が紛れ込んでいる可能性は充分にあったわけです。実際に慶安四年（一六五一）には由井正雪が幕府転覆を企んだ慶安の変が起きています。

明暦の大火で、江戸の大半が丸焼けになって、江戸城の天守閣が焼失した際にも、一部には放火説が出たほどです。大坂の陣の余波が色濃く残る状況においては、何が起きるか、知れたものではありません。

テロリスト対策だった遊女

元吉原が許可された時に周囲に鉄漿溝《おはぐろどぶ》の設置を義務づけられた理由は、もし幕府転覆を企む胡乱《うろん》な輩《やから》が登楼したら、取り囲んで捕縛できるように、退路を遮断するためでした。しかも、鉄漿溝の幅は、五間（九メートル）もありました。ちょっとした城砦《じょうさい》の御堀なみです。この溝幅は、時代が下るに従って、どんどん狭くなっていきます。

一部で言われているように、遊女の逃走を防止する目的ならば、京の島原にも設けられたはずですが、溝の設置は、江戸の吉原だけです（島原は水のない空堀）。

そもそも、家康が江戸の吉原に遊郭の設置を許可した理由自体、豊臣秀吉の手法に倣《なら》ったものです。

遊郭の成立は、天正十七年（一五八九）に秀吉が原三郎左衛門と林又一郎の申請を受け入れて京都の二条万里小路《までのこうじ》に設けさせた島原遊郭が、本格的な遊郭の最初だと言われています。

この年は、秀吉にとって最後の難敵であった小田原の後北条氏攻めに着手し、事実上の天下統一が成った時である史実に着目しなければなりません。

それ以前、応仁の乱（一四六七〜七七）の頃から「歩き巫女《みこ》」「熊野比丘尼《びくに》」「辻君」「立君」などと呼称される遊女が出現して、全国で売春して回り、それに対し、貧乏幕府であった足利幕府は遊女鑑札を与え、年間に十五貫文（四貫文で一両）の「税金」を徴収していました。

それ以前からも、白拍子《しらびょうし》と呼ばれる遊女がいたわけですが、大勢の遊女を一箇所に集める本格的な遊郭の設置は、秀吉と家康による天下統一を抜きにして考えると、真実を見失います。

特に「歩き巫女」を重用したのが、武田信玄で、合戦が絶えなかった戦国時代には、孤児が大量に発生しましたが、その中から頭も器量も優れた少女を数百人も集めて歩き巫女に養成し、隠密として全国各地に放ちました。

元締めとなった女棟梁《とうりょう》が望月千代女で、甲賀の甲賀五十三家の筆頭上忍の家柄に生まれ、武田信玄の甥の望月信頼《のぶより》に嫁《とつ》ぎました。

ですが、信頼は川中島合戦で戦死、未亡人になった千代女に信玄が全国の諸大名探索の任務を与えたものです。

つまり、遊芸を見せるのも身体を売るのも、相手を油断させて情報を得るための手段で、本来の目的は敵状偵察にありました。

天下統一が成った以上、豊臣の天下を狙う誰かにそのような行動を採られては敵《かな》いません。そこで秀吉は動き回る遊女を禁止し、遊郭という固定場所に封じ込める政策を採りました。

家康以降の徳川幕府の遊女対策は、どう見ても、完全に秀吉の手法の模倣です。

で、秀吉が死に、豊臣の天下が危うくなると、今度は豊臣方が情報収集の手段として、武田信玄に倣って遊女を活用するようになります。その始まりが、出雲の阿国《おくに》が創始した女歌舞伎で、関ヶ原合戦のあった慶長五年以降が主たる活動時期です。

関ヶ原合戦で敗北した西軍方の大名は、島津家以外は、大量に廃絶や減封されて、全国に牢人が溢れましたが、その動きと呼応して、阿国は江戸城で勧進歌舞伎を上演しています。これが慶長十二年ですが、それ以降、阿国の消息が、ふっつり途絶えました。

ひょっとしたら、豊臣方の間者の正体を見抜かれて徳川方に消されたのかも知れません。以降の阿国は以前と比べて活動が曖昧《あいまい》なため、死を隠す目的で徳川方が仕立てた偽物の二代目、との説が有力です。

とにかく徳川幕府は女歌舞伎を禁止して江戸から追放し、芸達者で器量も優れた女だけが、太夫として元吉原に残りました。

阿国は名古屋山三郎《さんざぶろう》の妻ですが、山三郎は淀君と深い関係があって、秀頼は山三郎の息子という説も有力でした（淀君の懐妊時には秀吉は朝鮮攻めのために北九州にいたので、秀吉が秀頼の実父でないことは明白）。

阿国が山三郎の行動を容認していたとすれば、豊臣家のために隠密組織として女歌舞伎一座を率いていたと想定しても、不思議ではありません。

大坂新町の遊郭も元々は秀吉が島原遊郭の四年前に、大坂の三郷に設置を許可したもので、この年は、石山本願寺の残党の紀州雑賀衆《さいか》や、四国を統一した長宗我部元親《ちょうそかべもとちか》を屈服させることに成功しています。

平定が進む都度、地元に遊郭を建てさせて、そこに敵方諜報員の可能性がある遊女を封じ込める、という手法は秀吉の発想の凄さを物語ります。三郷の遊郭は徳川時代になって新町に統合され、島原から夕霧太夫が派遣されて一世を風靡しました。

このように元吉原の時代は、まだ戦国乱世の余波を引き摺っていて、大名の改易取り潰しも年がら年中でした。そのために、元吉原が設置されたのも、幕府転覆を謀る〝テロリスト〟対策の側面が多分にありました。鉄漿溝などの〝封じ込め構造〟と、夜間宿泊の実質的な禁止に、その片鱗を見ることができます。

登楼しても泊まれないとあっては、まず客と遊女の間に、肉体関係は成立しません。

太夫を筆頭とする遊女は、知性と教養を、これでもかと客の大名や高禄の武士に見せて落籍《ひか》したいように気を惹いたわけで、歌舞音曲《かぶおんぎょく》は元より、詩歌や絵画などにも卓越した技量を発揮して惚れさせせました。

客と遣り取りする手紙にしても、非の打ちどころのない流麗な達筆で客の男どもを唸らせたわけで、決して、床入りしての性戯テクニックで魅了したわけではありません。

こういう〝身持ちの堅い〟遊女に惚れ込んだ大名は数多く、例えば島原の二代目の吉野太夫は取り潰された西国大名の係累《けいるい》だと伝えられています。

吉野太夫は、和歌、連歌《れんが》、俳諧《はいかい》に優れていたのみならず、琴、琵琶《びわ》、笙《しょう》といった楽器までもが巧みで、書道、茶道、香道、華道、囲碁まで極め、関白の近衛信尋《このえのぶひろ》や豪商の灰屋紹益《しょうえき》を夢中にさせ、遂には近衛信尋と競わせた末に寛永八年に紹益に身請けさせ、正妻になりました。

吉野太夫は、灰屋紹益《しょうえき》、本阿弥《ほんあみ》光悦と一緒に吉川英治『宮本武蔵』にも出てきます。

紹益自身が、和歌を烏丸光広《からすまみつひろ》に、俳諧を松永貞徳《ていとく》に、茶の湯を千道安《せんのどうあん》に、書を本阿弥光悦に学んだ本格的な知識人であったのですから、そういう紹益を夢中にさせた、という事実だけで、吉野太夫がどれほどの傑出した遊女だったのか、想像がつくでしょう。

また、江戸の吉原では、六代目の高尾太夫が、姫路十五万石の大名・榊原政岑《まさみね》に落籍されて側室となりました。

政岑は、落籍費用のみならず、何だかんだで高尾太夫のために三千両以上（現代人の感覚だと六億円以上）を注ぎ込んだと言われています。

これが享保の改革を推進中の八代将軍・吉宗の逆鱗《げきりん》に触れて強制的に隠居させられ、雪国の越後高田に懲罰的に転封させられ、三十一歳で憤死する、という末路を辿ります。

政岑は将棋や三味線・浄瑠璃などに堪能と伝わるほどですから、高尾太夫もその方面に卓越していて、政岑の心を捉えたに違いありません。

政岑が没後の高尾太夫は、上野池の端の榊原家下屋敷に住んで、剃髪《ていはつ》して菩提を弔ったと伝わります。

話を元に戻すと、明暦の大火によって元吉原から新吉原への移転を余儀なくされた時に、今までとは違ってかなり辺鄙《へんぴ》な日本堤に引っ越すので、客が激減するのではないかと楼主たちは恐れました。

実際、幕末に至っても吉原の周囲は田畑や入会地《いりあいち》（村が共同で所有する薪炭、秣《まぐさ》、屋根葺《ぶ》き用の茅《かや》の採取地）でした。

しかも、世の中が極めて平穏になり、改易される大名の数が激減しており、それに伴って、高位の武家の子女が遊女になる事例が激減し、宝暦年間には遂に太夫の人数が、ゼロになりました。

太夫の身請けには一千両前後の大金を必要とするほど吉原には稼ぎ頭だったのですから、太夫に代わる稼ぎ手（花魁《おいらん》）を育成する必要に迫られました。

そこで、頭の良い遊女には様々な教養を身に着けさせる〝家庭教師〟を宛《あて》がいました。

何しろ和歌や俳句、音曲、書画から囲碁将棋まで、素人芸ではなく一流の域にまで到達させなければならないわけですから、半端なことはできません。諸方面の一流の人物に来てもらい、登楼の料金も大幅に割り引きました。

吉原における「粋」とは、実は、自然に醸成されていったものではありません。こういった、必要に迫られた流れの中で、大見世（最上級の妓楼）の大文字屋楼主であった加保茶《かぼちゃ》宗園（村田市兵衛）らの〝文化人楼主〟の総意によって意図的に作り上げられた、いわば洗脳的に築き上げられた「思想」と言えます。

「柳腰」という言葉があるように、古来から日本人の男は概して細身の女が好きです。したがって、吉原で最上位の花魁も、必然的に体型は細身になるわけで、そういう女性は、どうしても蒲柳《ほりゅう》の質（身体が弱くて、病気に罹《かか》りやすい体質）になります。

楼主にしてみれば、河岸見世の安女郎などは使い捨てで、過剰性交の過労死で死のうが、どうということはありません。

が、育成に金も手間暇も掛かる花魁に若死になどされては、堪りません。

花魁を長生きさせるには、できるだけ客とは性行為させないのが手っ取り早い対策です。

そこで、親しい文化人に、遊女とは可能な限り性行為を持たないことが「粋」であるかのようにデッチ上げてもらおうと画策しました。

この依頼に快く応じたのが、江戸時代屈指の画家で、江戸琳派《りんぱ》（尾形光琳《おがたこうりん》の画風の継承者）の祖とされる酒井抱一《ほういつ》（姫路十五万石の大名家の次男で、俳人、狂歌師としても名高い）や山東京伝《さんとうきょうでん》です。

抱一の奥方も、吉原の花魁《おいらん》の誰袖《たがそで》です。現代だと、女子高の教師が生徒に惚れ込んで口説き卒業を待って結婚する事例が多々ありますが、教えているうちに、それに似たような相思相愛の関係が、抱一と誰袖の間で成立したのかも知れません。

吉原のＰＲ手段

また、吉原の人気を煽《あお》るＰＲ活動も、必要です。そこで、ガイドブックの『吉原細見』を出してもらう版元の、蔦屋重三郎《つたやじゅうざぶろう》や、美人花魁の浮世絵を描いて人気を煽ってもらう浮世絵師も、割引値段で、あるいは無料招待で、どんどん登楼させました。

これらの中に大田南畝《おおたなんぽ》、山東京伝、その弟子の曲亭馬琴《きょくていばきん》、浮世絵師としては菱川師宣《ひしかわもろのぶ》、鈴木春信《はるのぶ》などがいます。

特に鈴木春信は、画期的な多色摺りの技術を開発したことと、江戸時代では随一の美人と謳われた笠森お仙の名を世に知らしめた実績で名高いですが、多色摺りには途轍《とてつ》もない費用が掛かります。

画の制作に必要な原材料費よりも、版木を彫る彫り師や、それを巧みに重ね合わせて刷る刷り師の人件費が馬鹿になりませんでした。

とうてい、一介の浮世絵師に出せるレベルの金額ではなく、吉原の妓楼で知り合った、俳人で戯作者で浮世絵師でもあった小松屋百亀《こまつやひゃっき》（本業は薬種商）が、協力者と同時に、スポンサー的な役割も果たしました。

また、前述の加保茶宗園は抱一の絵の弟子の一人で、挿絵画家でもあり、やはり浮世絵が全盛となるに際して、スポンサー的な役割を果たしました。

このように、この時代の吉原の妓楼は、単純な売春宿ではなく、百花繚乱《ひゃっかりょうらん》の高級文芸サロンの側面を、色濃く残しています。

抱一は揚代を払って登楼するけれど、花魁と一緒に狂歌や連歌を詠んだり、囲碁を打ったり、花魁が奏でる楽器演奏に耳を傾けるといった〝遊び〟だけをやって、泊まらずに帰りました。

京伝が天明五年（一七八五）に出した『令子洞房』などの洒落本《しゃれぼん》で描く、吉原で最上の客のモデルは抱一で、「上は昼来て夜帰る　中は夜来て朝帰る　下下の下下が流連《いつづけ》をする」と唱い、粋と野暮《やぼ》とに明確な線引きをしました。

こういう洗脳によって、花魁に性行為を強要せず、無駄金を使うことこそが粋の極みで、花魁に〝疑似恋愛〟ではなく、真の意味で惚れさせることができる、という空気を流布させました。

抱一は誰袖を身請けして、妻に迎えていますが、それまでの抱一の妓楼での過ごし方から見れば、妻に迎えるまで、誰袖との間に肉体関係は成立していなかったのではないでしょうか。

吉原で一晩に千両も使ったとか、桁外れの豪遊をした富豪のエピソードが実際にあったとすれば、おそらくは、京伝などが煽《あお》った「これこそが粋《いき》」の風潮にまんまと乗せられたと見ることができます。

京伝の最初の妻の菊園は番頭新造《ばんとうしんぞう》（花魁の子分格の遊女）で、迎えて三年で病死しましたから、蒲柳の質だったのでしょう。

七年後に後妻に迎えた玉乃井も遊女ですが、禁令違反で二度も罰を受けて困窮していた京伝に、身請け費用が捻出できたとは考え難いですから、「粋」の風潮を確立してくれた京伝に対する吉原からの謝礼だった、と考えるのが妥当《だとう》かと思われます。

もう一人の恩人の抱一には、江戸随一の人気画家の評判を煽ることで応えました。抱一に絵を描いてもらうには、一年待ち、二年待ちの状況になったとも言われます。実家の酒井家は、幕閣に贈る賄賂として、専《もっぱ》ら抱一の絵を使ったほどです。

こういったPR手段で、懸命に新たな客層の掘り起こしに奔走した結果、大火後の屋敷の再建などで足が遠のいた大名などに代わって、庶民層の開拓に徐々に成功しました。

また、吉原に行くのに、徒歩は貧乏人の証で無粋《ぶすい》の証明なので、猪牙舟《ちょきぶね》か四ッ手駕籠《かご》か白馬で行くのを粋としました。

猪牙舟は片道が百四十八文、四ッ手駕籠は少し高くて、四朱（千六百文）プラス駕籠舁《かごか》き一人に酒代二百文のチップ。白馬は、距離にもよりますが、二百五十文から三百五十文。最も安い猪牙舟は七百艘以上もあったと伝わりますから、いかに新吉原が大繁盛していたか、想像がつきます。

話を元に戻すと、明暦の大火で江戸の大半が焼失して、江戸城の天守閣も焼け落ちたことで、吉原の客層が根底からガラリと変わりました。

大名屋敷は何万坪、何十万坪もあって、広大ですから、再建には何万両という大金が掛かりますし、諸大名は江戸城天守閣の再建に要する割当金も、準備しなければなりませんでした（結果的に天守閣は、「合戦の恐れなし」という理由で再建されなかったわけですが、結論が出るまでに時間を要しています）。

当然、緊縮財政を敷かざるを得ませんから、吉原に足を運ぶ大名や、高禄武士が激減しました。

外食産業のはじめ

また、江戸復興のために全国各地から大勢の職人が続々と〝単身赴任〟で集まってきたので、彼らの食欲を満たすために初めて江戸で屋台の外食産業ができました。

つまり明暦の大火以前の江戸には外食産業がありません。その時代を舞台にした時代劇に店舗での外食シーンがあったら時代考証ミスです。

ただ、屋台は火を使うので、防火上の観点から、日没後の営業が禁止されました。日没後は、もう一つの本能的な欲求である性欲を満たすための売春産業が発達しました。最大のものは銭湯で、ここで働く湯女が売春したのです。

焼失の損害や日本堤への移転費用に加えて大口の上客までもが激減したのですから、吉原としては、堪ったものではありません。

背に腹は代えられず、吉原は幕府に夜間営業の許諾と、湯女売春の取締りを願い出ました。

これは直ちに認められましたが、湯女売春は手を替え品を替え、茶屋売春の形態になったり、取締り側の慢性的な人手不足もあって、延々と幕末まで鼬《いたち》ごっこが続く状況になるわけです。

捕まった売春婦は、吉原に送り込まれて最下層の遊女とされ、専ら身体を売るだけの存在になります。ここからが、苦界としての吉原の始まりになるわけで、吉原を舞台に、悲惨な遊女人生を描いた時代劇は、だいたい、この辺りをテーマにしています。

吉原はブラック企業

遊女を抱いた客は翌朝の夜明けを待って妓楼を去り、遊女は客を見送って、朝寝で性行為の疲れを取り、それから入浴、朝食、化粧などで、午後の営業開始に備えます。

張見世に居並んで顔を見せて客を誘い、客がついたら客と飲食し、その後、夜中になって客と同衾《どうきん》し、性行為の相手を務める、という流れですが、下級の遊女ともなると複数の男の相手をしなければ金にならず、超激務です。

過労死する遊女も大勢いましたから、初めて登楼した初会の客とは寝ない、二回目は、もっと親しくなるが、まだ肉体関係は駄目、三回目で初めて身体を許す……といった、遊女の健康維持のルールを、元吉原時代の太夫がそうであったかのように、デッチ上げました。

元吉原時代の太夫は、そもそも客とは同衾せずに、もっぱら教養的な趣味の相手をしていたわけですから、大嘘です。

明暦の大火以前、吉原全体の一日の売上高は、およそ千両もありました。

この好景気は太夫人気によるところが大きかったわけで、吉原は改易大名や高禄武士の子女をスカウトできない以上は、自前で一流の芸術家や作家を「家庭教師」として雇い、知性と教養と美貌を兼ね備えた遊女を育成しなければならなくなりました。

この教育課程で生まれてきた「新知識人」が花魁で、その身辺には「花魁見習い」の予備軍として禿《かむろ》という幼女を付け、作法その他を習わせました。花魁は元々が武家の子女ではありませんから、高級な客を対応するのにどうすれば良いのかを、細かくマニュアル化する必要がありました。

圧倒的大多数の吉原の作法や風習は、このマニュアル化作業で生まれたもので、初登楼の初会の客とは寝ない、二回目は、もっと親しくなるが、まだ肉体関係は駄目、三回目で初めて身体を許す……といったよく知られているルールも、この過程で確立していきました。ですが、もちろん適用は、最上級の花魁に対してだけです。

吉原のCM

元吉原時代の太夫と違って花魁は一種の〝似非《えせ》教養人〟ですから、吉原は花魁の人気を煽るために、ありとあらゆる手を尽くしました。

現代のアイドルのブロマイドのような感覚の浮世絵版画が誕生し、これは、という遊女たちを伝説に仕立て上げていったのは明暦の大火以降で、吉原の風物が川柳や狂歌に詠まれ、黄表紙などの洒落本に取り上げられるようになったのも同時期です。

つまり新吉原以降に巷《ちまた》に溢れた浮世絵や川柳《せんりゅう》や洒落本《しゃれほん》の広告媒体で太夫時代の元吉原を考えると、真実を大きく見誤ることになります。

花魁道中も、太夫のいた元吉原時代には、ありませんでした。花魁道中を強《し》いて現代の風俗に喩えれば、AKB48の握手会のようなものと言えるでしょうか。

華やかな花魁道中を衆目《しゅうもく》に曝《さら》して人気を煽る手法で吉原に登楼する客を集めようとしたPR活動です。

〝吉原ガイドブック〟である『吉原細見』が初めて刊行されたのも新吉原になった綱吉の時代で、廓内の略地図、妓楼および遊女の名、揚代金、茶屋、船宿などが掲載され、誰でも吉原に憧れて登楼するように煽りました。

恐れ入ったことには、幼児向けの絵本にさえ、吉原に登楼して遊女を買うための手引書が出たほどです。

吉原は、かつての莫大な売上げを維持するために、これだけCMを打ったわけですから、当然、登楼代金（揚代）は高くならざるを得ません。

そこで、とうてい吉原には登楼できない低所得層のために売春湯女を置く銭湯や岡場所が発達しました。

岡場所はキャバクラ

ちょっと脱線すると、「岡」とは、「非正規の」という意味で、例えば、岡引《おかっぴき》は「正規の役人ではない捜査員」ですし、「岡目八目」は、「正規の対戦相手ではない人間が、横で客観的に見ると、当事者より手が良く読める」という意味です。

また「岡惚れ」は何の関係もない、付き合いのない人間に惚れることで、現代のストーカー的な惚れ方を意味しました。これは、けっこう勘違いしている人が多いようです。

さて、吉原は町奉行所に申し出てこれらの〝非公認売春〟を取り締まらせ、摘発された女たちは吉原に懲罰的に組み込まれて最下級の遊女とさせられましたが、焼け石に水でした。

というのも、明暦の大火以降は飢饉が相次ぎ、特に陸奥地方（江戸時代には「東北」という呼称は、ありません。「東北」は、明治以降の呼称です）での被害が甚大で、身売りした百姓娘が、大量に江戸に流れ込んできたからです。

時代劇に「東北」の表記が出てきたら、時代考証間違いです。

遊女を大量に生んだ飢饉

さて、江戸時代の飢饉を列挙すると、次のようになります。

明暦の大火以前は寛永の大飢饉（寛永十九年〜二十年。東日本の日本海側の被害が大）だけで、以降は、延宝の飢饉（一六七四年〜七五年）、天和の飢饉（一六八二年〜八三年）、元禄の飢饉（一六九一年〜九五年）、宝暦の飢饉（一七五三年〜五七年）、享保の大飢饉（一七三二年）、天明の大飢饉（一七八二年〜八七年）、天保の大飢饉（一八三三年〜三九年）です。

特に、江戸時代後期の飢饉ほど規模が大きく、被害が甚大で、これが盤石《ばんじゃく》だったはずの徳川幕府が倒れる大きな要因の一つとなりました。

吉原が大勢の遊女を抱えたのは、多少は、難民救済的な意味合いもあったわけです。遊女の人数は、ずっと二千人前後で推移していましたが、天保の大飢饉以降は一挙に四千人近くにまで膨れ上がりました。

天明の大飢饉の陸奥地方における餓死者数は百万人以上だったと伝えられるほどで、この時は餓死者が多すぎて、かえって江戸まで流れてくる難民は少なかったんです。

この天明の大飢饉で懲りて陸奥地方の諸大名は飢餓対策を講じたがために、天保の大飢饉では餓死者数は、さほどではありませんでした。そこで、難民と化して江戸に流れ込み、天明の大飢饉後の吉原の遊女数が一挙に膨大化した、という構図です。

現代において、シリア難民が大挙してユーロ圏に流れ込んでいる状況を、どこか彷彿《ほうふつ》とさせますね。

吉原の標準語と思われている〝ありんす言葉〟は実は、これら陸奥出身の百姓娘たちのために考案されたものです。普通に喋らせたらズーズー弁で、全く何を言っているのか判然としません。

現代でも、東北地方の人は、方言丸出しで喋ったら、日本海側と太平洋側では話が通じないそうです。テレビという「標準語」を周知するシステムがあってもそうですから、交通網も極めて不便だった江戸時代の陸奥地方での意思疎通《いしそつう》の不便さは、何となく想像がつきます。

ありんす言葉は、つまり陸奥出身者の証明のようなもので、他地方の出身者、特に関西出身の遊女などは、絶対に喋らなかったはずです。

元吉原時代の太夫は、西国大名の関係者が大半ですから、ありんす言葉ではなかったことは、確実です。元吉原時代の時代劇で、遊女がありんす言葉を喋っていたら、それは時代考証間違いです。

新吉原のランキング

さて、新吉原で、最上級の花魁になるには、かなり知能指数が高くないといけません。和歌や俳句が詠《よ》め、楽器が弾《ひ》けて、唄も歌え、手紙は達筆で、囲碁や将棋は有段者の強さだったと見て良いです。

となれば、そこまで到達できずに脱落する者が多いのは当然の流れです。現代のプロ野球やサッカーJリーグの、大物スター選手から二軍選手までの構成を考えたらイメージできるでしょう。

最上級の花魁にも三ランクあって、広くて豪勢な十畳以上の居間と客間を許され、多数の遊女を従えて花魁道中をする昼三（揚代が、黄金三分だったことから。大名や大身旗本、大名クラスの豪農や、豪商が客）、広い個室がある座敷持（大身旗本の子弟や豪商の番頭クラスが客）、居間と客間のある部屋持（中級以下の旗本や諸大名の中級以下の家臣が客）とに分かれ、その下に、個室が貰えなくて大部屋で雑居する振袖新造が来るヒエラルキー構造です。

ピラミッド構造と言うよりは東京タワー構造です。

とにかく遊女にはピン（花魁）からキリまであって、キリは処罰的に湯女から吉原に送り込まれた散茶女郎でした。散茶でも学習能力が高ければ花魁に出世できますが、それは、あくまでも例外中の例外的な少数で、大多数の散茶女郎は、客の性行為の相手を務めることしかできませんでした。

安い上に、初会から同衾するので、低所得者層の客には人気があったわけですが、一晩に複数の客を取らなければ生活が成り立たないことから、身体を壊す境遇がほとんどでした。

江戸時代人の性欲の強さは、セックスレスが当たり前になっている現代人では、ちょっと想像が付きません。

俳人で有名な小林一茶は五十二歳の時に二十八歳の若妻を迎えていますが、初夜の性交回数を五回と日記に残しているほどで、それ以降も同衾すれば必ず三回か四回は性交して記録しています。

元禄八年（一六九五）に刊行された『好色旅枕』には、一晩に十回の射精を可能にするノウハウまでもが克明に書かれています。ですから、一晩十回の性交が可能な性豪も、さほど希有《けう》ではなかったのでしょう。

こういう絶倫《ぜつりん》の連中が客として登楼してくるのですから、遊女は、堪ったものではありません。一回の登楼での性交回数は一度という不文律があるのですが、「抜かなければ、一度の計算だろう」という口実で、挿入したまま二度三度四度五度と、射精するまで執拗に性交を求める客も多く、遊女たちからは、嫌われました。

嫌ったからといって上級花魁のように拒否できるわけもなく、過労死する遊女が出たのも当然と言え、哀れ、二十代の若さで過労死や病死する遊女が大半を占めました。

死亡した遊女は三ノ輪《みのわ》の浄閑寺《じょうかんじ》に葬りました。ですが、これは、いわゆる投込み寺で、墓標を建てるわけではなく、巨大な共同穴用地に埋却《まいきゃく》するだけでした。

死臭が全く漏れ出ないようにするには五メートル以上の深さまで地面を掘り下げる必要がありました。そのために、楼主は埋葬料として一朱ないし二朱を出しました。

これは、現代人の感覚だと一万円ないし二万円見当で、要するに、墓掘り人足の人件費だと思えば良いわけです。五メートルも掘る大変さを考えれば、かなり安いと言えるでしょう。

これを値切れば掘る穴を浅くされ、辺り一面に鼻が曲がるほどの凄まじい死臭が漂う惨憺《さんたん》たる事態になります。

花魁が寄進した千本桜

さて、上級遊女の花魁に話を戻すと、庶民層にしてみれば、従来は大名や大身旗本しか相手にせず、しかも、身請けには一千両前後の箆棒《べらぼう》な金（江戸の庶民が倹約すれば一家族が五十年は生活できる金額）が必要なほどの天女のような美女が花魁道中で見物できるとあれば、まさに吉原は、〝浮世離れした〟別天地でした。

花魁には手が届かなくとも、最下級の遊女ならば低所得層の町人でも買え、しかも、花魁のように「初日は駄目」などという堅苦しいことはなく、初日から同衾して抱くことができる、となれば、欲求不満の独身男たちの願望の眼差しが吉原に向くようになるのは理の当然でした。

新吉原は、正方形に近い長方形で、板葺き冠木門《かぶきもん》の大門を入った手前から伏見町（伏見の遊郭からやって来た遊女が多かった史実によります）、江戸町一丁目（右手北側）、二丁目（左手南側）、揚屋町（右手北側）、角町（左手南側）、京町一丁目（右手北側）、二丁目（左手南側）という位置関係で、総面積が二万七千七百六十七坪でした。

東京ドームのグラウンド面積の、ほぼ七倍です。

中央通りが「仲の町」で、ここは〝イベント広場〟であり、花魁道中も、ほぼ毎月ある客寄せの企画も、ここで行われました。

吉原の遊女たちは桜が大好きで、花見の季節になると、余所《よそ》から桜の木を運んできて植樹し、花見を楽しんだと伝わります。

この移植には相当な経費を必要としたはずですが、もちろん花魁の歓心《かんしん》を買いたい大金持ちが費用を負担したのです。

それだけでは吉原に新客を呼べないので、遊女たちは浅草寺の本堂裏に、千本桜を寄進しました。

吉原からは八町（八百七十二メートル）ほど真南で、一日に十里ぐらいの距離を歩くのは当たり前の江戸時代人にしてみれば、目と鼻の先です。

この寄進は享保十八年（一七三三）のことで、寄進した樹には、寄進者の遊女の名前を、墨痕《ぼっこん》も鮮やかに書いたと伝わります。

この風景は『絵本江戸土産』の第七編、歌川広重筆の『浅草金龍山境内桜』に描かれています。

浅草寺は《江都古来三十三箇所観音菩薩霊場》の第一として多くの参詣客を集めていましたから、その人々が春爛漫の桜の季節には、浅草寺の満開の桜を見て、寄進者の名前を見て吉原の話を聞き、「すぐそこだから、じゃあ吉原にも行ってみようか」となるわけです。

吉原に行ったら、登楼しなくても、土産として『吉原細見』やら人気遊女の浮世絵やら吉原風景の浮世絵やらを買って帰ることになります。

現代人も、有名な神社仏閣に観光に行くと、財布の紐が緩くなって山ほど土産物を購入して帰り、年間売上高が億単位に達するほどです。

ですから往時の吉原でも〝塵も積もれば〟で、馬鹿にできない金額の収入があったはずです。

もったいを付けた大見世

さて、高級な妓楼（大見世）は中心街の仲の町に建ち並び、安い妓楼は鉄漿溝《おはぐろどぶ》に面した伏見町、西河岸（北西側）、羅生門河岸《らしょうもんがし》（南東側）にありました。そのため、河岸見世と呼ばれました。

鉄漿溝は、構造的にも水が停滞して濁り、かなりの悪臭も発生していたと考えられますから、その近くに建てられた妓楼が、初会から登楼客の性行為を拒まない安遊女を専《もっぱ》ら置いていたのは、当然と言えます。

また、仲の町の上級妓楼にも三ランクがあって、上から大見世、中見世《ちゅうみせ》、小見世と分かれていました。この大中小は、建物が大きいだけでなく、遊女の揚代も大見世ほど高額、高級でした。

大見世は八軒で、松葉屋、扇屋、丁子屋、先にも述べた加保茶宗園が楼主の大文字屋などが代表格。

加保茶宗園自身が抱一の弟子の浮世絵師で鈴木春信の多色刷り浮世絵の開発に力を貸したほどだし、吉原が舞台の黄表紙や洒落本や春画の大多数が大見世を舞台にしている理由は、できるだけ多くの客を大見世に呼んで大金を落とさせたいわけで、当然と言える配慮でしょう。

文化八年（一八一一）の時点だと中見世は十九軒、小見世は五十八軒と、格下になるほど、数が増えていきますが、上級妓楼の、三ランク、大見世、中見世、小見世には、張見世の外観だけで区別がつく工夫が凝らされていました。

表通りの仲の町に面した部屋には格子窓が付いていて、内側の部屋の様子がウィンドウ・ショッピング的に覗き見られる構造になっています。

これが張見世で、登楼しようと思った客は格子越しに遊女を眺めて、相方にする遊女を、品定めしました。

大見世は全面が朱塗りの格子になっていました。これが惣籬《そうまがき》で、つまり遊女の顔が見えにくい「もったいを付けた」構造になっています。

中見世は、上半分の半分、つまり、四分の一の格子がなくて、これを半籬《はんまがき》（実際は四半籬ですが）と呼びました。小見世は完全に上半分の格子がなく、遊女の顔がよく見えます。これを惣半籬と呼びました。

当時は電灯のない、照明の暗い時代ですから、太い格子を組んだだけでも、その分だけ採光量が減って、遊女の顔が暗く、見えにくい状態になりました。

つまり、遊女のランクが上に行くほど「貧乏人には見ることさえ許さない」というアイドル的な人気を煽る工夫を凝らしていたわけです。

鉄漿溝に面した安い河岸見世は実質的には岡場所と変わりがなく、非合法の岡場所や銭湯の湯女で、売春が摘発されて吉原に送り込まれた遊女たちは、この河岸見世が働き場所でした。

特に羅生門《らしょうもん》河岸の客引きは悪質で、客の袖を掴んだら、登楼するまで断固として離さずに引っ張り込んだと伝わります。

そういった低級見世の中でも、特に悪名を轟《とどろ》かせたのが茨木屋で、平安時代の鬼退治で名高い渡辺綱《わたなべのつな》が、羅生門で鬼女の腕を斬り落とした、その鬼女の名前が茨木で、後に綱の伯母に化けて腕を取り返しに現れた、という故事と、遊女の客を掴んだ腕のしつこさから、羅生門河岸と呼ばれるようになったと言われていますが、どこまでが本当なのか分かりません。

話に尾鰭《おひれ》が付き、この手の話が大好きな江戸っ子の間に面白可笑《おか》しく伝わったのでしょう。

吉原の楼主たちにしてみれば、最上級の花魁に入れ揚げて遊んでもらうのが最も利幅が大きいので、極端に優遇して粋客の金離れを良くしようと努力しました。花魁を、あたかも大名の姫君のように、つまり元吉原時代の太夫のように仕立てたのです。

特に、妓楼の全員にご祝儀を奮発する大盤振る舞いを惣花《そうばな》と言い、これを実行した客の名前を大きく紙に書いて帳場に番付のように貼り出して、見栄を煽りました。『新吉原町定書』によれば、惣花は大見世で三両、中見世で二両、小見世で一両二分、河岸見世で二分となっています。ですが、実際には大見世クラスになると、五両は必要だったようです。

五両は現代人の感覚だと、五十万円から百万円ですが、芸能人など銀座のクラブで、その程度の金額を平然と払って豪遊する事例は、いくらでもありますから、似たようなものでしょう。いつの時代も、鼻の下を伸ばした男が美女に大金を注ぎ込む状況に、大差はありません。

江戸時代の性事情

最高級の花魁の部屋は二階にあって、居間が、床の間付きの十二畳。隣に八畳の次の間があって、ここに鏡台、箪笥、火鉢、長持などを置きました。二部屋ですから、現代風に言うならスイートルームです。

床の間の横には、脇床の違い棚があって、ここに客と指したり打つための将棋盤、碁盤、茶器、香具、琴、三味線などを置きました。

つまり、花魁は、それらを使いこなすだけの知識がなければなりませんでした。

部屋の広さも設備も、クラスが下になるほど貧弱になり、小見世ともなると、こういうスイートルームがない妓楼も、珍しくありませんでした。そういう妓楼では二十畳の大部屋を屏風《びょうぶ》で仕切って、遊女に客を取らせました。

幕府非公認の遊郭の岡場所は、もう至る所にありました。

半公認の売春婦が飯盛女《めしもりおんな》で、本来は、その名前通り旅籠《はたご》の宿泊客に食事時の給仕のサービスをする女中でした。

ところが同業者間の競争が激化したことで、給仕のサービスに加えて、夜の性サービスまでして客から金を取らないと旅籠経営が成り立たなくなりました。

この売春サービスをする女中に対して、そのまま飯盛女の名称が与えられました。

本来であれば違法であって、摘発して吉原に送り込まなければならないのですが、それでは旅籠が倒産してしまうので、幕府は致し方なく、宿場ごとに飯盛女の総人数を割り当てる、という半公認によって、お茶を濁しました。

例えば江戸近郊の四宿だと、最も通行人が多い東海道の品川宿は五百人、次いで通行人が多い、甲州街道と甲州裏街道（青梅街道）の追分《おいわけ》（分岐点）の内藤新宿は二百五十人、日光街道、奥州街道、水戸街道の追分の千住宿は百五十人、中山道と川越街道の追分の板橋宿も、同じく百五十人という配分でした。

この配分割合を見れば、江戸時代の各街道のおおよその通行量がイメージできるでしょう。この飯盛女に一夜の性サービスをしてもらう料金が五百文前後でした。

その他に飯盛女は、門前町の旅籠にもいました。門前町は、地方から大勢の参詣《さんけい》客が訪れるような有名な社寺の前に発達した町で、多数の客が泊まります。

深川の富岡八幡宮、その別当寺の永代寺(深川不動)。この二つは江戸城から見て南東(辰巳)の方角にあったので、そこで働く遊女たちが辰巳遊女（芸者）と呼ばれました。

他には、富籤《とみくじ》で有名な湯島天神、谷中感応寺《かんのうじ》、目黒不動（これを「江戸の三富」と呼びます）、護国寺（財政再建が目的の、富籤の発祥地）、浅草寺、上野寛永寺、亀戸《かめいど》天神、神田明神などが有名なところ。

神社仏閣に参詣に来て飯盛女を買うのは罰当たりの気がします。ですが、当時、坊主が町医者に化けて飯盛女買いに繰り出したのは有名ですし、現代でも三大助平業種として教員、坊主、医者が挙げられているくらいですから、いつの時代でも変わらないということでしょうか。

完全非公認の隠売女《かくしばいじょ》（私娼）を最下級から見ていくと、当然、野外営業ほど安いわけです。筵《むしろ》を抱え持って野外営業する夜鷹が二十四文。舟に乗って饅頭《まんじゅう》を売って回りながら、その舟の中で営業した船饅頭が三十二文。

これだけ安い遊女は、だいたいが老婆か、梅毒持ちでした。よほど貧乏な命知らずでなければ、とうてい買えません。

尼さんに化けて勧進《かんじん》（念仏などを唱えながら寄付を募る）しながら売春もしたのが比丘尼《びくに》で、百文から二百文。

寛永寺の下あたりで参詣客を物色し、一見その辺りを掃除している門前の大店《おおだな》の下女を装って営業したのが蹴転《けころ》で、器量によって二百文から五百文。

銭湯で売春した湯女《ゆな》、現代風に言えばソープランド嬢が、五百文から千文。

把手《とって》つきの重箱を下げて、餅や饅頭を売りながら売春したのが提《さ》げ重で、やはり千文。

なかなか外出できない、規模の小さな寺の坊主や、吉原には行きたくとも行けない、大名屋敷の長屋住まいの独身武士のところへ、売春の出前をしました。

これだけ大勢いると、町奉行所の取締りの手も及びません。

鼬《いたち》ごっこでしたが、運悪く捕まると吉原に送り込まれ、罰として三年間、河岸見世の最低妓楼でタダ働きをさせられました。

吉原は、捕まった隠売女を引き取るに際して、器量などに応じて入札して町奉行所に代金を納付しなければなりませんでした。ですから、タダ働きも致し方なかったところです。

しかも新吉原時代になって以降は、頻繁に飢饉が起きるようになりました。

天明の大飢饉は浅間山噴火に加えてアイスランドのラキ火山の大噴火で世界の空を火山灰が覆い、地球全土で飢饉が起きてヨーロッパではフランス革命が起きたほど。

日本で〝飢餓革命〟が起きなかった理由は、八代将軍の吉宗が行った農業政策で、甘藷《さつまいも》や馬鈴薯《じゃがいも》などの救荒《きゅうこう》作物、高麗《こうらい》人参などの医療作物の栽培が奨励《しょうれい》されていたことが大きいと言えます。

ですが、それでも飢餓難民の続出は避けられず、新吉原の下層遊女は難民百姓娘の逃げ場と化しました。

吉原の火事事情

吉原では火事が多くて、元吉原から新吉原への移転の契機となった明暦の大火以降、幕末までに二十二回も全焼しました。

最大の被害は、安政二年（一八五五）の大地震で、この時は建物の倒壊がありましたから、千人以上の死者が出て、遊女だけでも五百三十人余が死亡したとの記録が残っています。

しかし、安政五年の統計で、遊女数は大地震の前より百四十四人も増えています。

ですから、大地震が引き起こした飢饉で身売りをして新吉原に流れ込んだ遊女が六百七十人余もいた計算になります。

吉原で火事が起きると、遊女たちの切り放ちが行われました。

明暦の大火の際には、伝馬町牢屋敷の責任者で牢屋奉行の石出帯刀吉深《いしでたてわきよしふか》が罪人を解き放つ切り放ちを実行して、三日後に所定の場所に帰れば減刑する定めにしました。吉原遊女の場合も、この先例に倣い、楼主に無断で逃げ出しても三日以内に戻れば咎めなし、としました。逆に、戻っても、三日を超えていると年季を延長する罰を与えました。

このため、火事が起きると、遊女たちは嬉々として逃げ出して、三日間は惚れた男の許へ駆け込んで三日間を過ごしました。

しかし、だからといって遊女による放火が多かったわけではありません。放火は火罪で、小塚原《こづかっぱら》で火炙《ひあぶ》りにされるからです。

吉原はごちゃごちゃと人が多くて混雑し、客に出すのに火を使った料理も多かったので、不始末による失火が頻発《ひんぱつ》しました。

しかも、小見世以下の妓楼の備品は貸布団に貸火鉢などが多く、これには〝火災保険〟の損料が掛かっていましたから、泡を食った損料屋が我勝ちに備品類を持ち出そうとして、却《かえ》って火事を広げてしまう事例が多かったと伝えられています。

吉原の火事は吉原消防隊が専ら消火作業にあたり、近所の町火消（「ち・り・ぬ・る・を」の五組）は、大門より内側には入らず、日本堤に陣取って吉原外に類焼しないように防ぐ態勢を採りました。

一方、吉原消防隊は基本的に破壊消火で、焼けていない妓楼まで叩き壊しました。

そうすると、吉原外に出ての仮宅営業が許された（残っている妓楼があると不可）ので、深川、本所、今戸、山谷、などに仮宅を求めて営業すると、諸経費が安く済み、儲けが大きくなるので、これを狙っての付火は、あったようです。

つまり、遊女による放火ではありませんが、誰か犯人を出す必要があり、死刑にならない十五歳未満で、遊女の素質がない愚鈍な者が差し出されて、失火の責任者名目で流罪になりました。

吉原の常識

しかし、幕末には諸物価が高騰《こうとう》（悪化鋳造《ちゅうぞう》によるインフレ）と遊女の質の低下（飢餓難民の大量流入）で揚代収入が低下し、嘉永年間（一八四八～五四）には妓楼の倒産が続出し、深川に仮宅を得られた妓楼だけが辛うじて儲かったと伝えられます。

では、揚代収入の減少を何で補ったかというと、遊女に、贔屓の金持ちの客に高額商品を強請《ねだ》らせました。これは遊女の病死が極めて多く、実質的にほどなく妓楼の備品となるからです。

また、稼ぎの悪い遊女を、楼主が腹を立てて折檻するので、何例か苦痛に耐えかねた遊女の放火が起きています。嘉永二年の事件では、京町一丁目の梅木屋の楼主の佐吉が因業《いんごう》で責め殺すほどだったので、遊女十六人が結託、火鉢に薪束《まきたば》を放り込んで火事を偽装、逃げ出して南町奉行の〝金さん〟こと遠山左衛門尉《さえもんのじょう》景元《かげもと》に佐吉の非業を訴え出ました。景元は、テレビ時代劇の題材になったほどで、若い頃は吉原に入り浸《びた》っていた〝吉原通〟で、佐吉と遊女の内の首謀格の四人が、放火罪で遠島になりました。遠島のほうが過酷な遊女暮らしよりは数段マシだったはずで「粋な遠山裁き」と言えるでしょう。

とにかく、上級の妓楼は遊女たちに遊芸を習わせているので、それなりに教育費に元手が掛かっています。簡単に若くて衰弱死などされては、堪ったものではありません。

妓楼として最も警戒するのは下下の下下に分類される、長逗留《ながとうりゅう》の客です。

こういう客は精力も旺盛で敵娼《あいかた》の遊女の身体を弱らせますから、付き馬という制度を導入しました。山本陽子主演で『付き馬屋おえん事件帳』という時代劇が以前、テレビ東京系で放映されましたが。

吉原に客を馬で運んで来る馬屋には町奉行所の手先の岡っ引きを兼ねている者も多く（吉原に犯罪者が逃げ込む事例が、意外に多かったため）そういう者に長逗留の客の揚代の取り立てを依頼したのです。

大見世や中見世の登楼客は裕福ですが、小見世の登楼客となると一世一代の奮発をして登楼したような客が多く、初めての遊女の手練手管に感激して、ついつい居続けて所持金を使い果たし、さらには妓楼に対して借金まで背負う羽目になります。

これが、吉原の遊客の野暮《やぼ》の最右翼に来るもので、付き馬は遊客の家まで取り立てに押しかけ、それでも足りない場合には、容赦なく遊客を褌《ふんどし》一丁に引ん剥いて放り出しました。

それと正反対の客は、山東京伝の洒落本などで読んで、酒井抱一のように花魁のほうから客に惚れて身請けを請い願う事例を知っていますから、是非とも自分も、と〝仮想恋愛〟に想像を広げます。

焦らされた挙げ句に、ようやく床入りに漕ぎ着けても、焦《あせ》りません。遊女を悦《よろこ》ばせようと、たっぷり前戯に時間を費やします。

寛文三年（一六六三）に刊行された『房内戯草』は、男が性欲を満たすと言うよりは、遊女に性的な絶頂を得させるためのエチケット指南書のようなもので、己の欲望よりは、遊女を満足させることこそが粋の極み、のような思想が、随所に垣間見えます。

結果的に遊女に振られる顚末《てんまつ》になっても、それは、自分の性の技術が未熟だったことを恥じるべきで、振った遊女に対して怒りを覚えるようなことは無粋でしかありません。

こういった思想を吉原の遊客に〝廓の常識〟として植え付けるのに成功したのですから、吉原にとって、抱一や京伝が出版物を通して果たした功績は、極めて大きいということができます。

吉原で最も粋とされたのは、これは言うまでもなく、金離れが良いにも拘わらず、それをひけらかして遊女を拘束するような真似をしない遊客です。とにかく吝嗇《けち》は、無粋として嫌われました。

地方から参勤出府の主君に従って江戸に出てきた浅葱裏《あさぎうら》の田舎侍が軽蔑された理由は、身形《みなり》よりむしろ、交通手段として最も安い猪牙舟に定員以上に相乗りした上に、船賃を値切ろうとするド吝嗇《けち》な野暮天が多かったからだと言われます。

山東京伝は天明八年（一七八八）に出した『吉原楊枝』の中で通人の条件を挙げ、羽織の裏地だとか、履いてくる雪駄の裏当てに高価な品質のものを使うとか、そういう目立たない箇所に金を使う生き方こそが本当の粋だ、と言っています。

これは実は、目立つところに贅を尽くされたのでは、その下層のランクの金持ちたちが劣等感を覚えて吉原に足を運びたくなくなるからで、そういう点にも、吉原の意を汲んだ「粋」思想の盛り上げ方が見えます。

地味に、しかし大金を使って遊女を喜ばせるのが〝粋な通人〟ですから、他の遊女に目移りする浮気などは、とんでもない話です。

大金を惜しみなく払って遊女に奉仕する滅私《めっし》精神こそが、粋の極致でした。

そうすると、紀伊国屋文左衛門や奈良屋茂左衛門のような桁外れの大金持ちでもない限りは、いつかは金が尽きます。

が、そこで遊女のほうに真心があれば、遊客がそれ以上の大金を使わないようにストップを掛けます。

実は、遊女に惚れ込んで吉原に足繁く通い続けるより〝塵も積もれば山となる〟で、身請けしたほうが出費の総額としては少なくて済むのです。

そこまで金を使わせて初めて「このお人は真心がある」と確認できて身請けに応じた、という事例も多々ありました。その一方で〝金の切れ目が縁の切れ目〟で振られる事例も、それ以上に多くありました。

吉原の花魁は、この時代では最高級の知識人で、なおかつ、絶世の美貌の持ち主と来ていますから、それを手に入れようと吉原に通うのは、ある意味で命懸けであり、生半可なことでは、真の意味で粋な通人にはなれなかったのです。

解説

鳴神響一

本書を手に取る方の中には、歴史ファンもいらっしゃるだろうが、歴史時代小説で新人賞を目指す小説家志望者も少なくないと思う。

若桜木虔が育てた歴史時代作家は数多い。朝日時代小説大賞では平茂寛（第三回）、仁志耕一郎（第四回）、木村忠啓《ただひろ》（第八回）、歴史群像大賞の山田剛（第十七回佳作）、祝迫力（第二十回佳作）、富士見新時代小説大賞の近藤五郎（第一回優秀賞）と日経小説大賞の西山ガラシャ（第七回）のいずれも若桜木虔の指導を受けている。

また、小説現代長編新人賞では、中路啓太（第一回奨励賞）、田牧大和（第二回）、仁志耕一郎（第七回）、小島環（第九回）、泉ゆたか（第十一回）の五人とも歴史時代小説で受賞している。文学賞デビュー組ではないが『信長の棺』や『秀吉の枷』で知られる加藤廣も門下出身である。（敬称略）

僕自身、若桜木虔に指導を受けて第六回角川春樹小説賞を『私が愛したサムライの娘』で受賞し、二〇一四年にデビューした。同作では第三回野村胡堂文学賞も頂いた。

本書を読めば、歴史時代小説を書く上でどうしても必要な、それでいて他書で見落とされがちな知識が身につく。新人賞を応募する方には得がたい参考書となるはずである。

さて、プロの歴史時代小説作家の中でも、時代考証のとらえ方には温度差がある。あえて考証を外す挑戦を重要なテーマと考えていらっしゃる先生方も何人も存在する。

かくいう僕も、「反射」や「自由」など、ことに地の文では現代語を用いる場合も少なくない。現代に生きる読者に作中の情景や情感などをビビッドに伝えたいからである。

ただ、新人賞を目指して歴史時代小説を書いている方は、こんな真似をしてはいけない。

本書でも触れられているが、ある知識を知っていて考証に従わないことと、知らないで考証ミスを犯すことはまるで意味が違う。

仮に既受賞作が考証を外していたり、先行作家が考証を無視していたりしても、あなたが投稿した作品の選考過程でそれが通用するとは限らない。実際に、時代考証に非常に厳しい選考委員も存じ上げている。考証の知識はしっかり積み上げてゆかねばならない。

さて、本書の後半「江戸の吉原ＮＧ」は、読みながらうなり声を上げっ放しだった。

本書の吉原世界の解説はピカイチだと思う。専門書は措くとして、このジャンルでは他書に類を見ないレベルだと断言してもいい。史実がどうであったか、はわかっても、なぜそうであったかに触れていない概説書が多いのである。

初回、裏を返す、馴染みになる……。吉原で高級遊女と同衾するために三回の登楼を必要とした史実は、古典落語でもよく描かれている。このしきたりも、きわめてプラグマティックな理由から生まれてきたと、本書は謎解きをしてくれる。

ここだけの話だが、僕も吉原が登場する作品を書きたくて勉強中なのである。本書はライバル作家にはあまり読んで欲しくない。

あなたが、歴史時代小説を書いていらっしゃるのであれば、間違いなくラッキーだと思うのである。本書は必ずや、執筆の大きな糧となることだろう。

若桜木　虔（わかさき　けん）
静岡県生まれ．静岡県立静岡高等学校，東京大学農学部卒業．同大学院博士課程修了．大学在学中より執筆活動を開始（処女作『アンドロイドの日のために』はのちに大幅加筆，『アンドロイドジュディ』と改題されて出版）．1977年『小説沖田総司』でデビュー．SF, アニメなどのノベライゼーション，ゲームブック，ミステリー，時代小説，漫画原作，実用書（速読術，視力回復トレーニング，小説創作指南，英単語記憶術）などを多く執筆するほか，架空戦記のジャンルでは他数名との共同筆名として「霧島那智」を用いる．

それ、時代ものにはNGです

発行　二〇一七年九月一日　初版第1刷
　　　二〇一七年十月一日　　　第2刷

著者　若桜木虔
発行人　伊藤太文
発行元　株式会社　叢文社
〒112－0014
東京都文京区関口一－四七－一二江戸川橋ビル
電話　〇三（三五一三）五二八五
FAX　〇三（三五一三）五二八六

印刷　モリモト印刷

ISBN978-4-7947-0771-0